シャロン
ケント
ココア
タルト

リロイ
天使
ティティア

小箱を拾ったら、ぱあっと光り輝いて勝手に開いてしまった。
そして全員に聞こえるように、女神フローディアの声がした。
『世界が平和になりますように』

回復職の悪役令嬢

エピソード4 ユニーク職業〈聖女〉クエスト・下

ぷにちゃん
Punichan

Contents

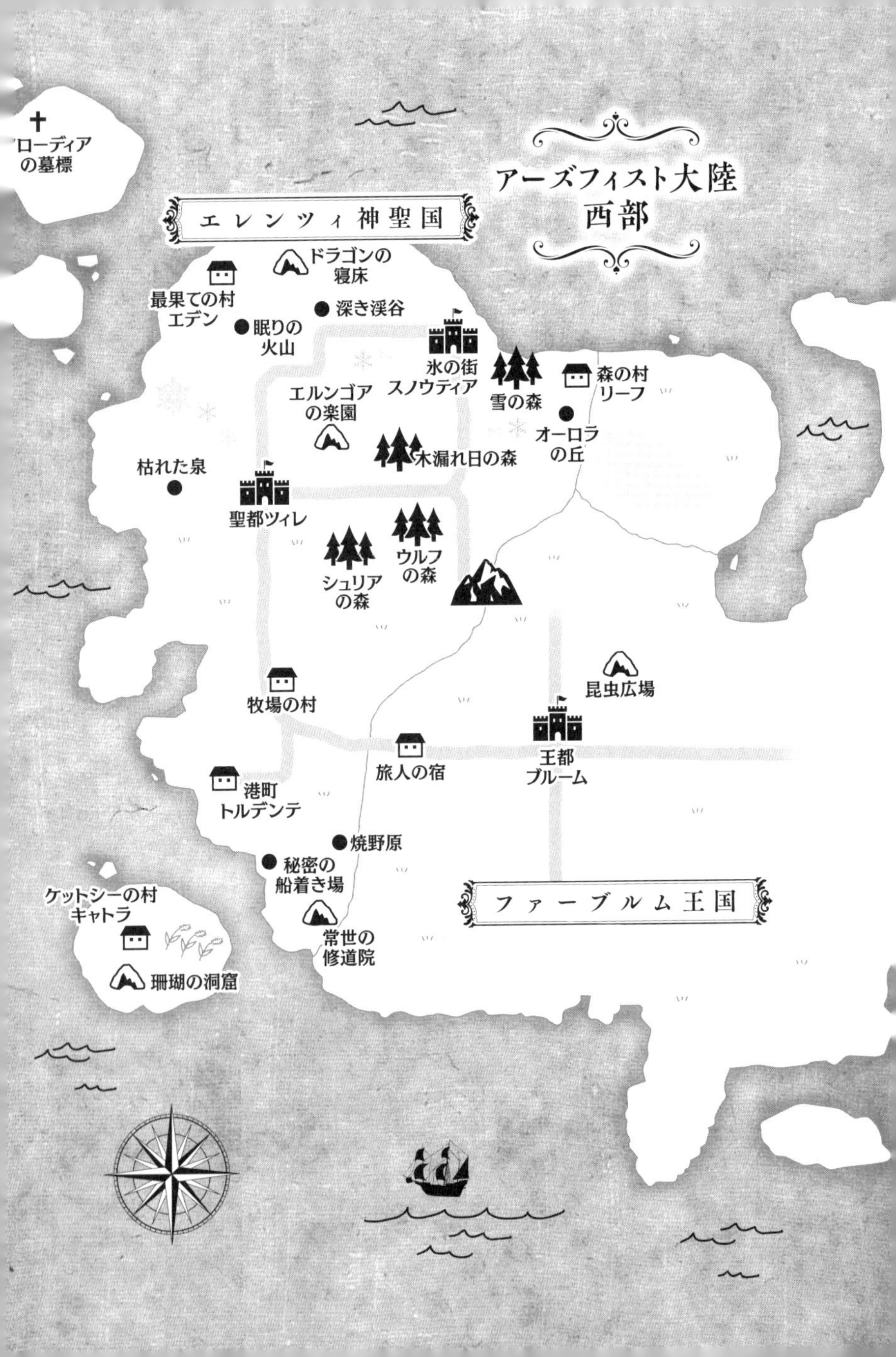
アーズフィスト大陸
西部
エレンツィ神聖国
ファーブルム王国
ローディア
の墓標
ドラゴンの
寝床
最果ての村
エデン
深き渓谷
眠りの
火山
氷の街
スノウティア
雪の森
森の村
リーフ
エルンゴア
の楽園
オーロラ
の丘
木漏れ日の森
枯れた泉
聖都ツィレ
ウルフ
の森
シュリア
の森
昆虫広場
牧場の村
旅人の宿
王都
ブルーム
港町
トルデンテ
焼野原
秘密の
船着き場
ケットシーの村
キャトラ
常世の
修道院
珊瑚の洞窟

ノービス 冒険の始まりだ!

一次職	二次職	覚醒職
剣士 剣や槍などの近接攻撃が得意	**騎士** 扱える武器が多い	**竜騎士** 竜に乗って空中戦もこなす
	盾騎士 防御力とHPが高い	**重騎士** どんな強力な一撃も防ぐ
探検者 罠の解除など探索の知識が豊富	**チェイサー** 短剣や弓を使いこなす中衛	**宝発掘師《トレジャーハンター》** 世界中の宝を狙う!
	盗賊 気配を消すことが上手い	**暗殺者** 音も立てない鋭い一撃を放つ!
狩人 素早い動きで獲物を狩るのが得意	**レンジャー** 相方の狼といつも一緒	**動物使い** テイミングで仲間を増やせ!
	弓術師 弓を連射し大群を撃つ!	**必中師** 狙った獲物は逃がさない!
魔法使い 様々な属性の魔法で敵の弱点を突く	**ウィザード** 強力な魔法で敵を撃ち滅ぼす	**アークメイジ** 扱う属性魔法はまるで天災級
	言霊《ことだま》使い 言葉にマナを乗せ戦おう!	**歌魔法師《ソングマジシャン》** 歌にマナを乗せ敵を撃つ!
癒《いや》し手 回復魔法で仲間をサポート	**ヒーラー** 仲間の補助と回復を行う	**アークビショップ** 様々な支援のエキスパート
	神官/巫女《みこ》 神へ祈り仲間を支援する	**呪術師** 専用の札を使い攻撃を行う

特殊職業
聖騎士 教皇直属の騎士
暗黒騎士 闇の力を纏わせた武器で戦う
吟遊詩人 歌と楽器を駆使し仲間をサポート
忍者 主君への忠誠は絶対でござる!
闇の魔法師《ダークメイジ》 弱体化《デバフ》のエキスパート
お手伝い 仲間をサポートするエキスパート
料理人 日々の生活は美味しいご飯から!
錬金術師 ポーションを作り仲間をサポート
薬師 体調不良を診るみんなのお医者さん
など

ユニーク職業
勇者 魔王を倒すために選ばれし者
聖女 世界のすべてを癒す回復のエキスパート
教皇 世界の平和を祈る聖域の守護者
神聖騎士 教皇を守る絶対の盾
剣聖 どんな剣でも使いこなせる達人
賢者 マナを扱うエキスパート
創造者 無から有を生み出す者
魔王 世界征服を企んでいる(かもしれない)
ダンジョン管理人 ダンジョンを作ることができる
など

プロローグ

一歩進むごとに流れ落ちる汗に、わたくしはうんざりしてため息をついた。すぐ前を歩く男の外《がい》套《とう》を引っ張って、「休憩よ！」と指示をする。

「もう、ですか？　つい一五分前にも休憩したじゃありませんか。それに、戦闘中も休めているはずです」

わたくしが休みたいと言っているのに、この男はすぐに「はい」と言わない。休憩したばかりと言われても、疲れているのだから仕方がないでしょう？

「わたくしは〈聖女〉になるのですから、もっと気遣っていただかなければ困ります」

こんなことなら、イグナシア様と一緒にいればよかったかもしれないわ。わたくしがもう一度ため息をつくと、男――オーウェンは「仕方ありません」と言って騎士たちに休憩だと告げた。

この暑くて仕方がない場所は、〈眠りの火山〉というらしい。この先に女神フローディアの手掛かりがあり、〈聖女〉になることができるのだという。

……ただ、わたくしが知ったのは出発直前だったから、イグナシア様に出かけることを伝えることができなかった。だからきっと心配していると思うのよね。

指揮しているオーウェンは、わたくしが一緒に行ってあげると言っているのに、少しも待とうとしなかった。そのため、仕方なくそのままついてきたのだ。

まったく、気が利かないわね。

私が岩を椅子代わりにして息をつくと、騎士が「どうぞ」と水を持ってきた。それを飲み干すと、少しだけ疲れがマシになる。

「そういえば、〈聖都ツィレ〉はどうなってるの？」

「どう、とは？」

わたくしの問いかけに、オーウェンは首を傾《かし》げる。

「大聖堂の様子が変だったことくらい、わたくしにだってわかります！」

馬鹿にしているのではないかしら。そう思いながらオーウェンを睨《にら》むと、「ああ」と笑ってなんということもないように教えてくれた。

「今、教皇の座についているのは私の父です。反逆し、ティティア教皇からその座を奪ったんです」

思わずぎくりとする。反逆がどんなものかくらいは、わたくしだってわかっている。ということは、オーウェンは反逆者の一味ということで……。

「わたくしも反逆者だと思われたらどうするのですか!?」

「私と一緒に行動していますから、思われているかもしれませんね」

「……っ！」

まさか自分が反逆者だと思われるなんて、信じられない！　今まで黙っていたオーウェンに、わたくしは怒りを覚える。

「大丈夫ですよ。父の教皇としての地位はもう確立されたも同然ですから」

「そんなこと、わからないじゃない！」

「わかりますよ。これをどうぞ」

オーウェンはそう言って、わたくしに何かを渡してきた。

「なによ、これ」

「〈望遠魔導鏡〉です。岩の上に立って、ツィレの方を見てください」

「……？」

〈望遠魔導鏡〉が遠くを見るための道具だということくらいは知っているけれど、これでツィレを見てなんの意味があるかわからない。今はこんなことをしている場合ではないのに。

「まったく……えっ!?　何、あれ……!!」

予想していなかったものが視界に入って、思わず声をあげる。なんとも不気味な光景に、無意識のうちに体が震えた。

「……あれは、なんですか」

「父がルルイエ様を連れ帰ったのでしょう」

「ルルイエ？　え？　ルルイエって、確か――闇の女神じゃ……」

〈聖女〉になるわたくしとは、まったく無縁の存在だ。いったい、オーウェンの父親は何をしようとしているの？

わたくしが嫌な汗をかいていると、オーウェンはやっぱりなんということもないように答える。

「父はルルイエ様を崇拝していますから。今後、大聖堂は女神フローディアではなく女神ルルイエを祀《まつ》っていくでしょう。ルルイエ様のお力で国民を支配し、統治していくのでしょうね。まあ、父の考えることは、私には理解できませんが……」

「そんなことが許されると思っているのですか⁉」

闇の女神ルルイエの話は、お伽噺《とぎばなし》のように伝わっているものも多い。巨大な闇の力を持っていて、悪いことをしたらルルイエに連れていかれてしまう……そうやって躾《しつ》けに使う親も多い。

――やっぱり、わたくしが〈聖女〉にならなければ駄目だわ。

イグナシア様のお役に立つために〈聖女〉になろうとしていたのに、まさか他国を救うことになるとは思わなかったけれど……わたくしにできないことなんてないわ。

囚われの騎士たち

カポーンという鹿威《ししおど》しの音を聞きながら、私は温泉に浸《つ》かっている。隣には、タルト、ティティア、ココア、ミモザもいる。

……部屋風呂だから、結構キツキツだね。

とはいえみんな気持ちよさそうに入ってくれているので、よしとしよう。

ここは〈氷の街スノウティア〉でいつもお世話になっている宿。部屋に温泉風呂がついているのが売りで、料理も美味《おい》しい。温泉がついてることからもわかるように、宿の造りはちょっとだけ日本っぽさも取り入れられている。完全な日本風ではないので、洋風寄りのファンタジー和洋折衷、という感じだろうか。

そして今までは男女混合で一部屋用意してもらっていたけれど、人数が増えたこともあって男女で部屋を分けることにした。女部屋は私シャロンことシャーロット、タルト、ティティア、ココア、ミモザ。男部屋はリロイ、ケント、ブリッツ。気づけば合計八人の大所帯だ。

私たちは〈常世《とこよ》の修道院〉へ行き、〈聖都ツィレ〉のクリスタル大聖堂を乗っ取ったロドニー・ハーバスを追い詰めたものの――〈ルルイエ〉のボス部屋に入れられてしまい、命からがら逃げのびた先で〈ヒュドラ〉と戦い、へとへとになりながら戻ってきたのだ。

しかも〈ヒュドラ〉との戦いはピンチのところを、ケントとココアがお世話になったという〈竜騎士〉が助けてくれた。どんな人かまだ話を聞いてはいないけれど、感謝しかない。

「とりあえず今日はゆっくり疲れを癒《いや》そう。ココアとケントの転職のお祝いもしたいねぇ」

「ありがとうございます」

ココアは嬉《うれ》しそうに微笑《ほほえ》んで、「無事に〈言霊使《ことだまつか》い〉になりました」と報告してくれた。ここからは、覚醒職を目指してレベルアップしていくのみだね。

「ちなみにケントは……最初は〈盾騎士〉になるって言ってたんですけど、〈騎士〉になったんです。知り合った〈竜騎士〉が格好良くて、憧れちゃったそうですよ」

そう言ってココアがクスクスと笑う。それにすかさず反応したのは、タルトだ。

「〈竜騎士〉！　わたしを助けてくれた人ですにゃ。確かにとっても格好良かったですにゃ！」

タルトがにゃにゃにゃっ！　とはしゃぐ。そして矢継ぎ早に、ココアに質問をしていく。

「なんで一緒にいたんですにゃ？　また会えますにゃ？　好きなものを知っていたら教えてほしいですにゃ。ぜひお礼をしたいんですにゃ」

「えっと、〈竜騎士〉の――ルーディット様に会ったのは〈ファーブルム王国〉に行く途中だったんだけど――」

「ぶふぅっっっ！」

「「シャロン!?」」

思わず噴き出してしまった!!

一斉に全員がこっちを見るが……まさかルーディットが私の実兄だなんて、とてもではないが言えるわけがない。

……だってそうなったら、私の身分とかあれやこれやも明かさなきゃいけなくなっちゃう。

別に、絶対に隠したいわけではない。伝えてもきっとみんなは私への対応は変えないと思う。だけど今……この国には私の元婚約者で〈ファーブルム王国〉の王太子イグナシア殿下が来ている。間違いなく、厄介ごとだ。それにみんなを巻き込みたくはないのだ。

……でも、ずっと黙ったままっていうのもよくないよね。

大聖堂関連のいざこざが落ち着いたら、みんなに話すのがいいかもしれない。そのときには、多少はイグナシア殿下の周囲も落ち着いている……と、願いたい。

私は呼吸を整えてから、みんなを見る。

「ごめんごめん。……それで、どうしたの?」

「ええと、それで、ファーブルムへ到着するのが夜遅くなりそうなときに声をかけてきて送ってくれたり、ケントが稽古をつけてもらったりしたんです。そしたら、私の転職のあとに〈牧場の村〉で偶然再会したんです。急いでる私たちを心配して、ドラゴンで送ってくれたんですよ」

すごくいい人ですよねと、ココアがルーディットのことを話してくれた。

「にゃ〜、素敵な人ですにゃ」

「よい人に出会えたのですね」

「私もぜひ手合わせしていただきたいものです」

タルト、ティティア、ミモザがそれぞれ感想を言い合う。タルトは助けてくれた兄にうっとりしているように見えるけれど、兄は脳筋で短気なところがあるのでお勧めはできない。ただ顔がいいので、それに騙《だま》されてしまう令嬢は多い。

……というか、もしかして私を捜しにエレンツィに来たとか!?

この大聖堂関連でクソ忙しいときに～～！　と思わず叫びたくなってしまったけれど、ルーディットは純粋に私を心配してくれているのだろうから……どうすればいいのか判断に困ってしまう。

私は温泉に深く浸かりながら、どうしようか……と今後のことを考える。

ルーディットは目立つから、私が気をつけていれば会わないような気がする。家族には手紙を送って――ってすると、ルーディットに私の居場所がばれてしまう可能性があるか。

……ここはちょっと、いったん保留にしておこう。


それよりも考えるべきはロドニーのことだ。

今の私のレベルは72になっていて、まあまあいい感じではあるけれど、覚醒職の〈アークビショップ〉にはまだ少しかかるといった感じだ。

「んん～、ロドニーをどうするか、それとも次のレベルアップ先を決めるか……。ドラゴン狩りとかもいいかも？　あ、スノウティア近くのダンジョンもあったね。うん、ダンジョンいいかもしれ

基本情報

名前 シャロン（シャーロット・ココリアラ）

レベル 72

職業 ヒーラー　癒しのエキスパート
癒しの力は絶大で、何度も仲間を立ち直らせる

称号

婚約破棄をされた女
性別が『男』の相手からの
攻撃耐性 5％増加

女神フローディアの祝福
回復スキルの効果 10％増加
回復スキル使用時のマナの消費量 50％減少

スキル

◆ **祝福の光**
綺麗な水を〈聖水〉にする
使用アイテム〈ポーション瓶〉

♥ **ヒール** レベル10
一人を回復する

♥ **ハイヒール** レベル5
一人を大回復する

♥ **エリアヒール** レベル5
半径7メートルの対象を回復する

♥ **リジェネレーション** レベル5
10秒ごとに体力を回復する

♥ **マナレーション** レベル5
30秒ごとにマナを回復する

身体強化 レベル10
身体能力（攻撃力、
防御力、素早さ）が向上する

攻撃力強化 レベル3
攻撃力が向上する

魔法力強化 レベル3
魔法力が向上する

防御力強化 レベル3
防御力が向上する

女神の一撃
次に与える攻撃力が2倍になる

◆ **女神の守護** レベル5
指定した対象にバリアを張る

♥ **キュア**
状態異常を回復する

聖属性強化 レベル1
聖属性が向上する

耐性強化 レベル5
各属性への耐性が向上する

不屈の力 レベル5
体力の最大値が向上する

装備

頭 慈愛の髪飾り
回復スキル 5％増加
物理防御 3％増加
全属性耐性 3％増加

胴体 慈愛のローブ
回復スキル 5％増加
魔法防御 3％増加

右手 芽吹きの杖
回復スキル 3％増加
聖属性 10％増加

左手 -----------

アクセサリー 冒険の腕輪
システムメニュー使用可

アクセサリー -----------

靴 慈愛のブーツ
回復スキル 5％増加
物理防御 3％増加

慈愛シリーズ（3点）
回復スキル 15％増加
物理防御 5％増加
魔法防御 5％増加
スキル使用時のマナの消費量 10％減少

ない！」

私がどこのダンジョンに行こうか、それともここら辺のダンジョンをレベル上げついでに制覇してしまおうか。なんて考えていたら、ティティアたちが小動物のような瞳で私のことを見ていた。

「え……どうしたの……？」

「い、いえ……。シャロンのレベル上げは、すごいです！　わたし、頑張ります‼　強くなるために、乗り越えなければならない試練ですから……！」

「わたしも、もっと強くなりますにゃ」

……私のレベル上げは別に試練でもなんでもないんだが？

そう思いはするけれど、ティティアが気合を入れてくれるなら、私もそれに応えなければいけないだろう。

しかしここでミモザから待ったがかかった。

「ロドニーですが、まだ修道院にいるんじゃないかと思うのですが、どうでしょう？」

「あ、そうですね。そこまで早く〈常世の修道院〉からは帰ってこられないと思います。私たちと違って、〈転移ゲート〉を使えるわけでもないですし……そもそも弱いですし……」

なんせロドニーのレベルは46だったからね。むしろ、よく修道院の奥まで行けたと褒めてあげたいくらいだ。

……肉壁にされていた部下たちは可哀想《かわいそう》だけれど。

ミモザは思案しつつも、一つの案を口にした。

「今、ロドニーがツィレにいないのなら――大聖堂を取り戻せるんじゃないでしょうか？　そこまでは無理でも、囚《とら》われている仲間を助けることができるかもしれません」

「――確かに、それは一理ありますね」

ティティアの仲間を解放するなら、今が絶好のチャンスだろう。ミモザの案に頷《うなず》いて、賛成する。

「温泉から上がったら、リロイたちにも相談しましょう」

「みんなを助けられるんですね……！」

ティティアが安堵《あんど》した笑みを浮かべ、「早く相談しましょう」と一番に湯船を出た。


入浴を終えた私たちは、一度女子部屋に集合した。全員がゆったりした浴衣姿なので、なんともゆるりとした作戦会議だ。

この宿は温泉があるだけあって、浴衣の貸し出しもしてくれる。日本の昔ながらの浴衣ではなく、レース等があしらわれているものだ。ゲーム時代にも、この浴衣が可愛《かわい》いといって、特に宿泊メリットがないにもかかわらず浴衣目当てで泊まる人は多かった。

って、今は思い出にふけってる場合じゃない。

「――ということなんだけど、どうですか？」

「「…………」」

私がミモザと話したことを、整理してみんなに伝える。ロドニーがまだ修道院にいるだろうと思われるので、今のうちに大聖堂を取り返す……のは難しいかもしれないけれど、囚われている仲間を助けられるのではと話す。

「え、大聖堂に乗り込むのか!?」

まずケントが驚いた。

「確かにロドニーがいない今、チャンスと言えますね。たとえ奪還できずとも、ロドニー側の戦力を削《そ》ぐことは重要です」

リロイはとても乗り気のようだ。一刻も早く、ティティアに大聖堂に戻ってほしいと思っているのが伝わってくる。

「そうですね……。ロドニーが何をしたいのか、明確にわからないままなのも不安ではありますが、早くみんなを助けたいです」

「なら、すぐにでも向かった方がいいですね」

ティティアがそう言ったのに頷き、私たちは今から――ツィレの大聖堂へ向かうことにした。

「「「――って、今!?」」」

私が当然のように即決行を告げたら、全員が目を見開いて驚いた。いやまあ、そうだよね。疲れてるよね。もう寝たいよね。わかるよ、私も寝落ちしそうだから。

……となると、作戦は明日の夜になるかな？

さすがに昼間に乗り込んでやりあえるほど甘くはないだろう。

「ロドニーがいつ帰ってくるかわからないから、明日の夜よりいいかなと思って。でも、くたくただよね。私だって疲れてるし」

私は支援職なのでまだいいけれど、特に前衛のケント、ミモザ、ブリッツはもっと疲れているはずだ。タルトとティティアだって、よくよく考えればまだ七歳だ。

……やっぱり今日は寝よう。そうしよう。

無謀なことを言ったと猛省します。

「明日の夜にしましょう。さすがに、今から行くのは体力的にも精神的にも辛《つら》いですし――」

「いいえ、今夜……行きましょう」

「ティー……？」

私が作戦決行日を明日にしようとしたら、ティティアが声をあげた。ぐっと握った拳を膝にのせて、決意を秘めた目で私たちを見回す。

「みんなが疲れているのは、重々承知しています。……ですが、わたしの騎士たちは、きっと牢屋《ろうや》で辛い思いをしているはずです。助けられるのであれば、どうか、一刻も早く……助けたいのです」

「…………」

ティティアの思いに、私は何も言えなくなる。疲れているしやっぱり明日、なんて、そんなことを気軽に言える雰囲気は一掃された。その重厚な雰囲気に、ああ、やっぱりティティアは教皇なのだなと思い知る。

私は静かに頷き、ほかのメンバーの様子を見る。

ケントとココアも日中は大変だったはずだけれど、私たちほどではないからか、問題なさそうに頷いている。リロイは言わずもがな。ミモザとブリッツは聖騎士なので、ティティアの言葉に異を唱えることはないだろう。となると、残りはタルトだ。私がタルトを見ると、冒険の腕輪に手を添えていた。

「苦しくて、辛いのは嫌ですにゃ。だから、すぐにでも助けに行きましょうにゃ！　わたしはティティア様の専属〈錬金術師〉ですにゃ！　お任せくださいにゃ！」

一番疲れているだろうに、タルトは堂々と言い切った。

その格好良さに惚《ほ》れ惚《ぼ》れしていると、タルトはテーブルの上にポーションを並べ始めた。どうやら、今までこつこつ作っていたみたいだ。

「これは、わたしが〈製薬〉スキルで作った〈元気１０００倍ポーション〉ですにゃ。これがあれば、今夜中に乗り込めるはずですにゃ！」

タルトが出したポーションを見て、思わず「おおっ！」と声をあげてしまった。みんなの注目が私に集まるが、仕方がない。

……ゲーム時代は使い道がなかったポーションだけど、現実になるとまた違うんだね。

「お師匠さまは知っていると思いますが、この〈元気１０００倍ポーション〉があれば、飲んでから三時間の間は眠気もなく、疲れもなく、頑張り続けることができるんですにゃ。ステータスも、ほんの少し上がりますにゃ」

「そんなすげぇポーションがあったのか……！」

「いつの間に作ってたんだか……私の弟子、さすがだね！」

ケントがまじまじと元気ポーションを見ている。赤い透明の液体で、ゲーム時代は若干のステータス上昇の効果があるだけだった。タルトが言った眠くならない疲れないというのは、アイテムの説明文からだ。そのため、ゲーム時代はその効果がなかったし、そもそも特に必要なものでもなかった。加えて材料の素材も集めるのがちょっと面倒だったので、若干のステータスアップでは割に合わないと、常用はされなかったのだ。

……もちろん、ここぞというときには使ったけどね！

「タルト……！　ありがとうございます」

「当然ですにゃ！」

ティティアがわっと涙ぐみつつタルトに抱きついて、何度も「ありがとうございます」と告げる。

私はその様子を見ながら、これは成功させるしかないと気合を入れた。

ゲートでツィレに来た私たちは、二手に分かれることにした。私、ティティア、ココア、ブリッツが牢屋に囚われている騎士を助け出す。リロイ、タルト、ケント、ミモザの仕事は内部の様子を探ることと、何かあった際の囮《おとり》役だ。

リロイ曰《いわ》く、絶対にティティアには傷一つつけてはいけない。なので、率先して囮役を希望した。

リロイも地位のある立場なので、囮としてはうってつけだ、と。

「さてと、行きますか」

外套《がいとう》のフードを深くかぶり、秘密の地下通路からクリスタルの大聖堂へ侵入する。この道は私も知らなかったので、リロイに教えられたときは驚いた。

大聖堂以外にもいろいろ繋《つな》がっているらしい。

「ティティア様、何かあればすぐに逃げてください」

「リロイも無茶はしないでくださいね。今回は、捕まっている仲間の奪還ですから」

助けに行ったのに捕まってしまっては本末転倒だ。リロイは「もちろんです」とティティアの前で膝をついた。そして私を見る。

「シャロン、ティティア様を頼みます」

「もちろんです。ティーは私たちの総大将ですからね！」

敵に奪われるなんてとんでもない。

「じゃあ、気合入れていくよ！」

「「「おー!!」」」

全員で拳を上げて、すぐに〈元気１０００倍ポーション〉を飲み干した。

「〜〜〜くうっ、コーラだ！」

美味しい！

だけど少量とはいえ一気飲みは辛いものがあった。炭酸だと思っていなかったから油断してしまったけど、よくよく考えればエナジードリンクは炭酸だよね。

「うあ、舌がピリッとしたけど……眠気が吹っ飛んだぜ！」

ケントが「やるぞおおぉ！」と気合を入れまくっている。なんとも頼もしい。

「にゃにゃにゃにゃ〜っ！　ティーのために、頑張りますにゃ！」

タルトがふんすと鼻息を荒くしているので、私は慌てて「やりすぎ注意！」と叫んだ——。

私たち四人は、地下牢を目指して歩き出した。ブリッツを先頭にして、私、ティティア、ココアという順で続く。夜中ということだけあって、人は少ない。

……とはいえ、ゼロってわけではないね。

ところどころに見張りの聖堂騎士がいるので、慎重に進んでいくしかない。

「外から見たときも思いましたけど、中もとっても綺麗《きれい》ですね」

こんなときですけどと言いつつ、ココアが感嘆のため息をついている。しかし、それには私も全力で頷くしかない。

ここ、クリスタルの大聖堂は〈聖都ツィレ〉のシンボルだ。

外観はもちろんだけれど、内部もクリスタルがふんだんに使われていて、キラキラ光り輝いている。まるでオーロラのような輝きは、私の視線を釘付《くぎづ》けにするのだ。

天井の吹き抜けも高く、色とりどりのクリスタルが月明かりを映している光景は——言葉で表せないくらいに美しい。

……どうせなら、もっと堂々と見学したかったね。

ここを取り戻したらまた絶対に来ようと、私は強く心に誓った。


「――見張りです」

「！」

先行しているブリッツの声を聞いて、私たちは足を止める。どうやら見張りは二人組の〈聖堂騎士〉で、欠伸《あくび》をしながら歩いているみたいだ。

私たちは口元に手を当てて、柱の陰で息をひそめる。

「は～。ロドニー様の命令で見張りを増やしたのはいいけど、暇だなぁ」

「ロドニー様もまだ帰ってこないしなぁ。いったいツィレはどうなることやら……」

聖堂騎士たちの会話を聞いて、苦笑するしかない。ひとまず今日忍び込んだのは、いい判断だったみたいだ。

見張りが通り過ぎるのを待って、私は口を開く。

「別にロドニーに心酔してるってわけじゃなさそうだね」

「給金をもらえれば、上は誰でもいいんでしょう」

ブリッツが頷いて、「こっちです」と一枚のドアを示す。開くと、地下に続く階段が出てきた。

なるほど、階段の前に扉を付けてわかりづらくしているのか。これは知らなければ素通りしてしまったと思う。

「〈魔力反応感知《マナサーチ》〉！　シャロン、後ろからも人の気配がしてます!!」

「――っ！　急いで下りよう」

ココアが後ろを確認し、私たちが慌てて階段を下りていくと、ちょうど騎士が通り過ぎた。ギリギリセーフだ。

「は～、心臓に悪いね。でも、あと少し。ティー、大丈夫そう？」

ティティアは私以上に緊張していて、「はい」と返事をしつつも大きく深呼吸をしている。

――とはいえ、きっとこの先には地下牢を見張る騎士がいる。よっぽどのことがなければ戦闘を避けることはできない。作戦は、気絶してもらって、代わりに牢屋に入れる……というものだ。

階段を下りるとすぐに牢屋へ続く入り口があり、その前に見張りの騎士が一人いた。

「それじゃあ、自分が……」

「待ってください」

ブリッツが剣の柄《つか》に手を添えたところで、ココアからストップがかかる。その手には杖《つえ》が握られているので、私はピンときた。

「相手を眠らせるスキルがあるんです。それなら戦闘音も立たないので、ほかの見張りに気づかれる可能性も低いと思います。――〈眠りの薔薇姫《スリーピング》〉」

ココアが静かに、歌うようにスキルを使うと、聖堂騎士は何度か、うとうと……として目を擦《こす》り、しかし襲ってきた眠りに抗《あらが》えずその場に崩れ落ちた。

「わ、すごいです……。これなら、争うことなく騎士たちを助けることができますね」

「お任せください！」

嬉しそうなティティアに、ココアが笑顔で答えた。それにブリッツも頷いて、「先に進みましょう」とゆっくりドアを開けて中の様子を覗《のぞ》き見る。

「……中にも見張りが一人いますね。〈聖堂騎士〉です」

「なら、眠らせますね」

「お願いします」

ココアは頷いて、ドアの隙間《すきま》から上手《うま》くスキルを使う。見張りはあっという間に眠り崩れたようで、ブリッツがドアを開けた。

「これで大丈夫そうです」

ほっと胸を撫《な》でおろすも、ブリッツは見張りを縄で縛っていく。目が覚めてこちらに歯向かってこられたら大変だからね。

拘束し終えるとティティアが一番に駆け込んでいったので、私も慌てて追いかけて中へ入る。まだ安全確認してないのに!!

「みんな、無事ですか!?」

「「――ティティア様!?」」

ティティアの声に反応したのは、〈聖騎士〉と〈聖堂騎士〉だ。ざっと見る限り、二〇〇人ほどが収容されている。全員がやつれているような状態で、碌《ろく》に食べ物を与えられていないみたいだ。

……リロイからの事前情報だと、寝返っていない聖堂騎士は約半数で五〇〇人。〈聖騎士〉は見習いを含めて三二人。ブリッツとミモザは私たちと一緒に行動しているから、〈聖騎士〉は多くても三〇人。捕まっていない人もいるみたいだからか、それより少ない。

私の後ろに来たブリッツが、「残りは〈ソローディア大聖堂〉かもしれませんね」と言う。確かに、向こうにも牢屋があるならばその可能性は高い。分散して捕らえることによって、リスクも減らせるだろうし、互いに人質のような状態にもなる。

……ひとまず、危険そうなものは何もなくてよかったよ。

「助けに来るのが遅くなってしまってごめんなさい。わたしは不甲斐《ふがい》ない主《あるじ》です……」

ティティアが膝をついてそう詫《わ》びると、「そんなことはありません！」と声があがる。

「私たちこそ、ティティア様をお守りできず申し訳ございません」

「ティティア様がご無事で安心いたしました……」

騎士たちはみんな辛い状況だっただろうに、自分たちのことよりもティティアの心配をしてくれている。

すぐにブリッツが見張りの持っていた鍵を使って、牢屋を開けた。しかしその直後、ドン！と地面を揺らすような大きな爆発音が響く。

それを聞いたティティアが、ハッと目を見開いた。

「タルト……!?」

間違いなくタルトが〈火炎瓶〉を投げたと確信している顔だ。爆発音ソムリエかもしれない。ティティアが慌てて私を見る。

「どうしましょう、シャロン。向こうが危ないかもしれません……！」

「そうだけど、この状況で離れるわけにはいかないから――」

さすがに囚われた騎士たちを置いて、タルトたちと合流するわけにはいかない。数人の騎士だったら連れていけるけれど、この数では移動するのは無理だ。

私がどうしようか悩んでいると、ブリッツがすーっと息を吸った。

「整列!!」

突然の大声に私は驚いてしまったが、騎士たちは素早く動いて隊列を組んだ。憔悴《しょうすい》しきっていたはずなのに、気合でその体を動かしている。

……すごい。これが騎士か。

「指示を出す。〈聖堂騎士〉は、五人ないし六人の班に分かれて脱出を。〈聖騎士〉一六人は、〈聖堂騎士〉の補助をし、脱出後、自分に連絡するように」

「「「はっ！」」」

全員がブリッツに敬礼をし、すぐに動き始めた。ものすごく統率がとれていて、見ていて惚れ惚れしてしまうほどだ。

……私も負けてられないね。

「〈エリアヒール〉〈身体強化〉！」

私は牢屋から出てくる騎士たちに、次々支援をかけていく。今できるのは、これくらいだからね。

ティティアも私の支援を見て、〈慈愛〉で騎士たちを回復してくれている。

すると、焦ったココアの声が牢屋に響いた。

「大変です、爆発があったからか、こっちにも見張りの騎士が向かってきてます!!」

「――――！　すぐにここを出なきゃ！」

「自分が行きます！」

ブリッツが剣を構えて階段を駆け上がり、向かってきた敵を倒す。一撃だった。むしろ軽く剣を振っただけで倒してしまった。

「つ、強い……！　さすがは〈聖騎士〉のブリッツ様だ!!」

「すごい!!」

味方の騎士たちがブリッツを絶賛しているが、私たちのレベルを考えたらさもありなん……ですね。どうやら強くなりすぎてしまったようだ。ふっ。

――っと、そんなことを考えている場合ではなかった。

私たちはタルトたちと合流するべく、爆発の震源地へ走った。


やってきたのは、クリスタルの大聖堂の最上階だ。もともとはティティアの部屋だったのを、今はロドニーが使っているらしいのだが――その部屋が爆発でめちゃくちゃになっていた。

部屋の中心に立っているのは〈火炎瓶〉を握りしめているリロイで、その周辺には敵の〈聖堂騎士〉が倒れている。

……もしかして、ティティアの部屋を脂ぎったおっさん《ロドニー》に使われていたことにカッとなってやってしまった、とか？

なんてことを私が考えていたら、気づいたリロイに「違いますよ」と言われてしまった。……何も言ってないのに。

「ケント、どういう状況なの？」

ココアが周囲を警戒しつつケントに尋ねると、リロイはついと視線を壁に向けた。見ると、黒々としたルルイエの魔法陣が描かれている。

「あの魔法陣を破壊しようとしたんだけど、その途中で見つかっちまって……。それで駄目元でタルトとリロイが〈火炎瓶〉を投げたんだ」

「なるほど」

ケントの説明に頷いて、私は魔法陣に近づいてみる。ピリッとするような、ゾワゾワするような、嫌な気配が漂ってくる。これが何かは判断できないけれど、よくないものだということは本能でわかった。

周りを見ると、〈教皇〉のティティアをはじめ、タルトやココア、ブリッツも嫌な気配を感じているみたいだ。

……でも、〈火炎瓶〉でも壊せないなんて、かなり強力な魔法陣だね。

ロドニーがルルイエを迎え入れようとしていることに、何か関係があるのかもしれない。クエストを進めていくことで、解除できるといいんだけど……。

「とりあえず今は考えてる時間がないから、撤退しよう!!」

「――それしかないですね」

私が指示を出すと、すぐにリロイをはじめ全員が了承してくれる。

が、すぐにバタバタと足音が聞こえてきて、大勢の〈聖堂騎士〉がやってきた。これは乱戦の予感……！　と冷や汗をかいていたら、先頭の騎士が跪《ひざまず》いた。そしてすぐ、後ろにいた数人の騎士も続いて跪く。

「ティティア様、すぐにお逃げください！」

「悔しいことですが、ロドニーの下についた〈聖堂騎士〉も少なくはありません」

「無事のお戻りをお待ちすることしかできない自分が、不甲斐ないです」

「あなたたち……。わかりました、必ず戻ってきます」

ロドニーの命令に従っていた〈聖堂騎士〉すべてが、心からロドニーに味方しているというわけではなかったみたいだ。

……ティティアは愛されてる教皇なんだね。

「よし、今のうちに出よう！」

私たちは味方してくれた〈聖堂騎士〉の助けもあって、無事にクリスタルの大聖堂から脱出することができた。


クリスタルの大聖堂から脱出した私たちは、ゲートを使ってスノウティアの宿へ戻ってきた。ちょうど三時間くらい経《た》ったところだったようで、みんな〈元気1000倍ポーション〉の効果が切れてヘロヘロだ。

「ひとまずお疲れ様。無事に戻ってこられてよかった」

私が全員を見回してそうねぎらうと、疲れていながらも、みんなは笑って返事をしてくれた。だけど、今にも寝落ちしちゃいそうだね。

そんななか、ティティアはまだ気丈に立っていて、胸の前でぎゅっと手を握って安堵の表情を見せた。

「囚われていた騎士たちを解放することができました。疲労困憊《こんぱい》のなか、本当にありがとうございます……！」

「俺たちは仲間だろう？　これくらい、当然だ！」

「ただ、騎士たちは各自で逃げているから……まだ完全に大丈夫かはわからないですよね？」

ティティアの言葉に、ケントとココアが返事をする。その懸念通り、騎士たちの安否はまだ私たちにはわかっていない。

……でも、ロドニーがいなくて、ロドニー側にも私たちの味方がいるのだとしたら……そこまで絶望的ではないはずだ。私がそう考えていると、ブリッツが一歩前に出た。

「あとのことは自分が確認します。騎士間で使う連絡手段がありますから」

ブリッツの言葉に、リロイも頷く。

「騎士たちとの連絡は、〈聖騎士〉のブリッツとミモザに任せるのがいいでしょう。私たちは、ロドニーをどうするか考えるのが先ですね。部屋にあったあの魔法陣……このまま放っておいたらいけない気がしますが……どうしたものか」

現時点で、ティティアの部屋で見た魔法陣をどうにかできる術《すべ》はない。

「そうですね。騎士たちのことは任せましょう。ロドニーもそうですけど、〈眠りの火山〉で見たロドニーの息子も気がかりですし」

私がリロイに続けると、全員が頷く。

「それから、早急にレベル上げをしましょう。早く覚醒職にならなきゃ」

「「「「「え」」」」」

「にゃ？」

…………え？

私以外の全員が、言葉にならない声をあげた――。

ダンジョン〈ドラゴンの寝床〉

窓から入る雪に反射する光で、私は目が覚めた。

「ふあああぁぁ……。お腹すいたかも」

……すっごく寝た気がする。

ベッドから起き上がって部屋を見回すと、ティティアとタルトはまだ寝ていて、ココアとミモザのベッドはもぬけの殻だった。時間はお昼過ぎくらいだろうか。

「私も起きよう。狩りの準備もしたいし」

私は欠伸《あくび》を噛《か》み殺しならベッドを下り、身支度を整えた。


食堂に行くと、ココアとケント、リロイが食事をしていた。

「「おはよう、シャロン!」」

「おはようございます」

「三人とも早い……。おはようございます」

私も席に着いて、一緒に食事をとる。ブリッツとミモザは騎士との連絡があるからと、すでに出かけているらしい。

食べながら、次のレベル上げの方法を考える。効率よく経験値を稼いで、ついでにアイテムもゲットしたいところである。ん〜、やっぱり固定狩りが一番いいかなぁ？　タルトとココアのスキルがあれば、効率もアップするだろうし……。うん、いい感じかもしれない。

「また、よからぬことを企《たくら》んでいそうな顔ですね？」

「…………えっ、それって私に言ってます!?」

必死に考えていたのに、リロイからの言葉が酷《ひど》い！

ココアとケントはそんな私とリロイのことを苦笑しながら見ている。フォローしてくれるつもりはないみたいだ。

「褒め言葉ですよ。私は、あなたを信頼しているんですから」

「そう言えば許されると思ってませんか……？」

目を閉じて澄ました顔で告げるリロイにため息をつきつつ、私は「光栄です」と肩をすくめた。

「おいおいおい、やばいぞここ……人間が足を踏み入れていい場所じゃないぞ……？」

ケントが足をガクガク震わせながら、必死に周囲を見渡している。その横にはココアやタルトが並び、同じように震えている。ティティアは目を見開いて固まってしまった。ブリッツとミモザは無言だ。

そんな様子を見て、私はゆるく「大丈夫だよ～！」と笑う。

「私たちの方が強いから、問題ナシ！」

グッと親指を立てて笑顔を見せてみるが、「いやいやいや」とケントが全力で首を振った。

「あのドラゴンの数を見ろよ!! しかも何種類もいるぞ!! ドラゴンを狩ってレベルアップしようってシャロンが言うから……俺はてっきりワイバーンだと……ばかり……」

「だって、ワイバーンじゃもう経験値がおいしくないよ？」

私がさらっと言うと、ケントは大きくため息をついた。


今いるのは、〈深き渓谷〉と〈眠りの火山〉に挟まれたダンジョン——〈ドラゴンの寝床〉だ。

ここは何種類ものドラゴンが出てくるダンジョンで、経験値はもちろんだけど、ドロップアイテム類もとってもおいしい狩場なのです。ドロップを狙いつつレベル上げもできるなんて、最&高。

ダンジョンは、天井の高い洞窟部分が入り口になっていて、そこを抜けると渓谷が広がっている。奥の断崖絶壁にはドラゴンの巣穴があり、卵や子ドラゴンを見ることもできる。

〈赤竜〉〈緑竜〉〈黄竜〉〈水竜〉のドラゴンと、その上に〈白竜〉。そしてダンジョンのボスは〈黒竜〉だ。

「はー……女神フローディア様、どうぞ私たちをお守りください……」

「女神より私の支援を信じてくれれば大丈夫ですよ。〈女神の守護〉!!」

祈るティティアに一通りの支援をかけて、いざ！

「――〈女神の一撃〉」

「〈ポーション投げ〉にゃっ!!」

私のスキルがかかるのと同時に、タルトの声が響く。そして続くのは、大きな爆発音だ。いつもより、一・五倍くらいよく爆発している。

というのも、実はタルトが〈製薬〉スキルで作ったポーションによってパワーアップしたのです。併用しているのは〈火属性のポーション〉というもので、これは火系統のスキルなどの効果を20％アップしてくれるというとんでもポーションだ。

……ただ、材料がとっても面倒くさい。

しかしここまでしても、ドラゴンを倒すのには苦労する。ここで活《い》きてくるのが、〈言霊《ことだま》使い〉になったココアの支援スキルだ。

「いくよ！〈蹂躙《じゅうりん》の歌〉――からの、〈至福のひと時〉!!」

〈蹂躙の歌〉は、対象の防御力を下げる。〈至福のひと時〉は、取得経験値がアップするというスキルだ。

「――〈女神の一閃《いっせん》〉!!」

ココアのスキルが決まったところに、ミモザが範囲攻撃を使いドラゴンたちを一掃する。光の粒子になったドラゴンは、〈ドラゴンの牙〉を落として消えた。ドラゴン素材もいっぱい集まってて、いい感じだね。

そして〈騎士〉になったケントは一ヶ所にとどまって、ブリッツとミモザが釣ってきたドラゴンたちのヘイトを一身に引き受けて壁役をしてくれている。

「は～～～、ドラゴンこえぇぇ！　でも、俺たちが倒してるんだよな。すげえ、すっげぇ!!」

最初は怖がって足がガクガクしていたケントだったけれど、今は怖いのと嬉《うれ》しいのが入り混じっているような不思議な顔をしている。新しいダンジョンに来たときのワクワクって、そんな感じだよね！　わかる、わかる、わかるよ!!　にこにこ顔でケントに支援をかけちゃう。

すると、ブリッツが三匹のドラゴンを引きつれて拠点に戻ってきた。その顔が引きつっているのは、きっと気のせいだろう。それを見たケントが、すかさずスキルを使う。

「〈挑発〉!!」

スキルが発動するとすぐ、ブリッツの連れていたドラゴンたちがケント目がけて攻撃を始める。そのタイミングを見計らって、リロイが防御支援をかける。私は再びドラゴンを釣りに行くブリッツに支援をかけ直した。


――というようなことを繰り返していたら、あっという間に夜が来た。

「はぁ、はぁ、は～～～、言葉にできないほどすごい一日だった……」

野宿するための洞窟に入ってすぐ、ケントが倒れた。そのまま仰《あお》向《む》けになって、「まだ心臓がドキドキしてる……」と胸を押さえている。横では、ココアやタルトが頷《うなず》いている。楽しかったみたいで何よりだね。

ここは、もともとドラゴンが巣穴にしていた洞窟だ。今はそのドラゴンが巣立ったのか死んでしまったのか……理由はわからないけれど、空き洞窟になっている。

プレイヤーからは安全地帯だと重宝されていた場所だ。

ひとまずみんな新しいダンジョン攻略で疲れていると思うので、比較的元気な私が率先して野営の準備を始める。とはいっても、テントを設置して、簡易テーブルや椅子を〈簡易倉庫〉から出していくだけだけれど。

「今日はめっちゃ頑張ったし、やっぱりお肉かな!?」

「肉!!」

私ができたての料理を並べていくと、ケントが真っ先に反応した。熱々のステーキに、弾力のある骨付きソーセージ。そこに温野菜が添えられていて、パンにはたっぷりチーズが使われている。

……これはよだれが出ちゃうね！

この世界で〈冒険の腕輪〉はなくてはならないものだけれど、こうやってできたての料理を保存しておける……というのは、かなりありがたい。たぶんみんなも、好きなご飯を溜《た》め込んでいるに違いないと思う。

そしてリロイがお茶を用意して、ティティアの椅子にだけハンカチを敷くなど甲斐甲斐《かいがい》しくお世話をしている。

「「いただきます！」」

「いただきますにゃ！」

もりもり食べた私たちは、その後はあっという間に寝てしまった。今日はレベルがたくさん上がったし、ものすごく有意義な一日だったと思う。

——そして朝日が昇って、翌日。


「絶好のボス日和だね！」

私の一言でみんなの顔から表情が消えた。


ダンジョン〈ドラゴンの寝床〉にいるボスは、〈黒竜〉。漆黒の瞳に、漆黒の翼。ほかのドラゴンよりも二回りほど体が大きく、存在しているだけでその威圧を感じることができるほど。

経験値がおいしいのはもちろんだが、私はどうしてもほしいアイテムがある。そのため、ある程度レベルを上げたら、〈黒竜〉狩りは必須だと考えていた。

ヒュオオオォォと渓谷の隙間《すきま》から吹きつける風が、なんだか悲鳴のように聞こえる。ゲームのときは「竜の鳴き声のようだ」とか、「竜の子守歌のようだ」など言われていたけれど、ケントたちの悲壮な顔を見ていると悲鳴に聞こえてしまって仕方がない。

「えーっと、大丈夫だよ？　ほら、私たち昨日ですっごくレベル上がったでしょ？」

「…………ああ。確かに昨日だけでレベルが80になっててよくわからない」

ケントはもう一度「よくわからない」と言ってから、遠い目をした。

……ゲームだったらもっと早く上がるんだけどね。その点は申し訳ない。

「さてと……。タルト、例のポーションを配ってもらっていいかな？」

「はいですにゃ！」

私が声をかけると、タルトは懐……もとい〈鞄《かばん》〉から「にゃにゃーん☆」と新しいポーションを取り出した。

「お、それがドラゴンのドロップで作った新しいポーションか？」

「そうですにゃ。ティーが手伝ってくれたんですにゃ」

タルトがティティアに微笑《ほほえ》みかけると、「はい！」と嬉しそうに頷いた。自分はほかのみんなに比べたら、あまり大変じゃなかったからと言ってティティアが手伝いを買って出てくれたのだ。

「〈咆哮《ほうこう》ポーション〉ですにゃ！」

ドラゴンのモチーフで作られた瓶の中には、赤い液体が入っている。材料は、〈ドラゴンの生き血〉〈ドラゴンの牙〉〈ドラゴンの鱗《うろこ》〉〈火の花〉だ。〈火の花〉は私がダンジョン〈エルンゴアの楽園〉でゲットしていたもので、ほかの素材はドラゴンのドロップアイテムだ。

もっと早くこのポーションを作りたかったんだけど、いかんせん材料を手に入れることができなかった。理由は、ドラゴンを狩れる冒険者がほぼいないこと。そのため、〈冒険者ギルド〉でもほぼ売買がなく、今はドラゴン系の素材はとても貴重なのだ。

「これを飲むと、一〇分間だけ攻撃力が10％アップしますにゃ！」

「昨日も聞いたけど、すげぇな……」

ケントがごくりと唾を飲み、タルトが持っている瓶を見る。ケントは盾役だけれど、余裕があるときは攻撃もしてもらう予定だ。

まったく攻撃をしないのは、私くらいかな？　リロイも同じ支援だけど、攻撃スキルを持ってるからね。支援は私一人でもある程度は回せそうなので、ぜひちょっとでも攻撃に加わってほしいところだ。

タルトは〈咆哮ポーション〉をみんなに配っていく。

「一〇分で効果が切れるので、忘れずに飲んでくださいにゃ」

「私もできるだけ合図を送るようにはするけど、各自の判断を優先してくれていいからね。ピッタリ一〇分ごとに飲むのは難しいから、ある程度の誤差は出ると思う。たとえば、数分後に手がちょうど空くかわからなかったら先に飲むとかね」

「わかった」

ケントたちが頷いたのを見て、私たちは準備運動がてらドラゴンを倒しつつ〈黒竜〉の元へ向かった。


〈黒竜〉の討伐方法は、今日の朝みんなに説明をした。かなり手ごわい相手だけど、しっかり防御しておけば負けることはない。私たちもレベルが上がって、戦闘の幅が広がった。回復アイテムもある程度は用意してある。

……湯水のごとく好き放題にアイテムを使えてたゲーム時代が懐かしいね。

いくつもあるドラゴンの巣穴の前を通り、最奥を目指す。そこにある一番大きな巣穴が、〈黒竜〉のねぐらだ。

「あ、あれが〈黒竜〉ですにゃ!?」

「おっ、大きいです……」

遠目に見えた〈黒竜〉に、タルトとティティアが怯《おび》えを含んだ声を出した。確かに今まで相手にしていたドラゴンに比べると、格段に大きく、強い相手だ。

「うん、すごい迫力」

だけど、私たちだって負けてないからね。

私とリロイで支援をかけ直していると、ケントが何度も深呼吸を繰り返し、気持ちを落ち着かせている。ブリッツやミモザもそれに倣い、気づけば全員が深呼吸をしていた。

「ふにゃ！　いきなり〈ルルイエ〉のところに入れられたときより、こうして落ち着く時間があるから助かりますにゃ」

「……今、生きていることに感謝しなければいけません」

タルトとティティアは落ち着いたようで、私の方を見て頷く。リロイはそんなティティアを見て、「さすがです」と頷いていた。

そしてタルトが作った〈咆哮ポーション〉をみんなで飲んだ。

「なんだか、力がみなぎってきます……！　すごいです！」

ミモザが自分の体を見て、感激している。戦闘職だと、自分の肉体の変化を感じやすいんだろうね。鍛えている人の10％アップは大きいはずだ。

「それじゃあ……戦闘開始！」

私の合図で、各々が位置についた。


――〈黒竜〉目がけて、ケントが大地をぐっと蹴り上げる。

「いくぜ！〈挑発〉からの――〈一撃必殺〉!!」

『グルアアアァァッ!!』

――よし！

「ここから一気に攻撃するよ！」

私の声を合図に、全員が一斉にスキルを使う。咆《ほ》える〈黒竜〉の声に震える足を叱咤《しった》しながら、私たちは戦うのだ。

「〈ポーション投げ〉にゃ！」

「〈光の矢よ、我らが進む道を切り開いて散れ〉！」

タルトの攻撃で大爆発が起き、そこにココアが杖《つえ》と魔法書のダブル装備で言葉にマナを乗せて光の矢を放つ。いい攻撃力。それを追って、ブリッツ、ミモザ、ティティア、リロイが攻撃をする。

うん、出だしはバッチリだね。

『グルアアァァァッ!!』

攻撃を受けた〈黒竜〉は声をあげて、同時に口から黒いモヤが漏れる。

「〈女神の一撃〉！　からの――〈女神の守護〉〈キュア〉！」

ココアに〈女神の一撃〉をかけ、ケントに支援をかける。キュアをかけたのは、〈黒竜〉が口から発する瘴気《しょうき》にあてられて状態異常に陥ったのを解除するためだ。

堂々とした〈黒竜〉は、その身に瘴気を纏《まと》っている。その黒いモヤのような瘴気は視界を奪い、状態異常にしてくる。初見だと、なかなか苦戦を強いられるかもしれない。

「サンキュ！　シャロンに聞いてなかったら、やばかった！」

「私が守るから、大丈夫！」

ケントは私が状態異常の話をしていたので冷静でいられたようだ。視界を奪われ、その代わりになるものがない場合――苦戦どころか、一気に全滅の恐れもある。

「〈女神の鉄槌《てっつい》〉〈マナレーション〉！」

「順調――〈エリアヒール〉！」

リロイが攻撃をし、支援をかける。私もそれに合わせて全体を回復して、様子を見る。すると、〈黒竜〉が大きく息を吸い込んだ。

「ブレスがくる！　ケント以外は私がいる場所までいったん下がって!!」

「「はいっ!!」」

私が叫ぶと、前で戦っていたブリッツたちが一度戻ってくる。さすがにブレスを全員がもろに食らうと、回復が間に合わない。

ケントに支援を徹底していると、〈黒竜〉が黒煙のブレスを吐いた。熱ではなく、一気に体が冷や汗をかいたような感覚に、ぞくりとする。

……熱くないのはありがたいけど、何回も受けたい攻撃じゃないね。

「〈女神の守護〉〈耐性強化〉〈不屈の力〉」

もうすぐ切れそうな支援をケントに重ねがけしたところで、ブレスがやんだ。これでしばらくブレスはこないので、こちらの攻撃ターンだ。

「〈咆哮ポーション〉飲んで、攻撃再開!!」

「っし、〈挑発〉!!」

ケントがしっかり〈黒竜〉を抱えたのを確認してから、全員が攻撃をしていく。途中で〈黒竜〉が尻尾を大きく振り回したが、それはケントが受け止めた。

「うおおおおおおおぉっ!!」

ケントは尻尾を持ったままぐるりと半回転し、〈黒竜〉をぶん投げた。そのまま「〈挑発〉!!」と叫んで、ターゲットを維持することも忘れない。

……うっわ、ケントの成長がすさまじいよ!

〈黒竜〉は翼を大きく羽ばたかせて、どうにか空中にとどまった。その瞳には怒りの色が浮かんでいて、ケントのことを睨《にら》みつけたまま視線をずらさない。そして空気が震えるほど、大きく息を吸い込んでみせた。

『グオオォォ、オオオォォ!　オオオオオオォォォォォッ!!』

「にゃっ!?　これがお師匠さまの言っていた、最後の断末魔ですにゃ――っ!?」

〈黒竜〉の声を聞き、タルトが無意識に一歩後ろに下がる。が、今は引いていられるほど余裕があるわけではない。私は「大丈夫」とみんなを見回す。

「最後の断末魔――〈黒竜〉が鱗を飛ばして攻撃してくるけど、耐えられるよ！」

「断末魔をあげる暇もなく倒せたらよかったんですが……〈女神の鉄槌〉」

私が鼓舞すると、全員が気合を入れ直す。

そして一気に、鱗が飛んでくる。

「やっ！」

ミモザが飛んできた鱗を剣で叩《たた》き落とし、ティティアたち後衛の前に立つ。飛んでくる鱗の数は数百と多く、さすがのミモザもすべて処理することはできない。腕に鋭利な鱗がかすり、血しぶきが舞う。

「〈女神の守護〉〈ヒール〉！」

私が支援をかけるのと同時に、〈黒竜〉がぶんっ！　と勢いよく尻尾を振り回す。それを見た瞬間、ケントが「〈不動の支配者〉！」と叫んでその攻撃を耐える。六〇秒間、自身に向けられたすべての攻撃を無効化するスキルで、使い時は事前に打ち合わせをしておいた。

「いくよ、〈一、十、百、千――幾重にも織りなす無限の糸よ、彼《か》の翼を縛りその体に鉄槌を落とせ〉!!」

ココアが紡いだ長い言葉には、ありったけのマナが乗せられている。スキルを使うエフェクトでキラキラ光るココアの姿は、まさに強者。

ドン！　と地面を揺らすような大きな音とともに、マナの糸が折り重なって、〈黒竜〉を縛り上げて動けなくしたところに――巨大なマナの鉄槌が落とされた。

『グルア、グアァァァァッ！』

そして〈黒竜〉は最期にありったけの声をあげ、光の粒子になって消えていく。

「うお……倒した、のか」

ごくりと息を呑《の》んだケントの声に、みんなが「すごい」「本当にやったんだ」「ダンジョンのボスを倒すなんて……」と口々に呟《つぶや》いている。

「〈エリアヒール〉〈身体強化〉×全員分！　そうだよ、〈黒竜〉を倒したんだよ！　ということで、ドロップアイテムを拾って先に進もう！」

一番〈黒竜〉に近かったケントがドロップアイテムを拾い――「先に進む？」と首を傾《かし》げた。

ダンジョンボスの〈黒竜〉には、各プレイヤーの初回撃破時にプレゼントが用意されている。それは、〈黒竜〉がいる洞窟をさらに奥へ進んだ先の宝箱の中だ。

〈黒竜〉がいた洞窟の中は、奥が細い通路になっていて先に進むことができる。

「私が世界中の景色を見るという野望を叶《かな》えるために、絶対必要なものが手に入るんだ。もちろん、みんなにも役立つものだよ。……あ、ケントはいらなくなっちゃうかもだけど」

「なんで俺だけ!?」

「……というか、シャロンの情報源は……いや、今更聞いても仕方がないですかね……」

ケントがわーわー言っているが、それは宝箱を開けてからのお楽しみだ。リロイは遠い目をしているけれど、詮索《せんさく》されないなら楽で助かる。


しばらく歩くと、開けた広場のような場所に出た。ここが行き止まりだ。中央には台座があり、豪華な宝箱が載っている。

「「宝箱!!」」

「宝箱ですにゃ！」

宝箱を見た瞬間、全員のテンションが一気に上がる。〈黒竜〉討伐でくたくたになっていた疲れも吹っ飛んだみたいだ。

わかる、宝箱にはそんな不思議な魔力があるよね。

「わあ、これが宝箱ですか。初めて見ました」

「何が入ってるんでしょうにゃ～」

ティティアとタルトが興味深そうに私を見てくる。早く開けようと催促しているのだろう。

「じゃあ、みんなで開けようか」

「ドキドキしちゃう」

「よっし、俺はここを持つぜ！」

「じゃあ……自分はこの角を」

ココア、ケント、ブリッツがそわそわしつつも宝箱を開ける配置についた。私たちもそれに続いて全員で宝箱に手を添えて、「せーの」で蓋《ふた》を持ち上げる。

すると、まばゆい光が広場に溢《あふ》れた。

「にゃにゃっ!?　すごい光ですにゃ!!　目を開けてられないですにゃ～！」

タルトがぎゅっと目をつぶって、「もう大丈夫ですにゃ!?」と周りを見回すようにしている。それに返事をしたのは、リロイだ。

「大丈夫そうですが、これはいったい……？　笛のようですが……」

そう、宝箱の中に入っていたのは人数分の笛だ。

ドラゴンの骨を削って作られたシンプルなもので、首にかけられるように紐《ひも》でくくられている。

私は笛を一つ手に取って、ニッと笑う。

「なんとこれは、ドラゴン召喚アイテムです！　その名も〈ドラゴンの笛〉！　笛を吹くとドラゴンがやってきて、背中に乗せて運んでくれちゃう！」

「「えっ!?」」

「にゃっ!?」

〈ドラゴンの笛〉を手にしたケントは、震える声で「ま、まじか……」と呟く。そして何度も「すげぇ」と言って、目をキラキラさせている。

「これで移動がぐっと楽になるね。きっと空から見る景色は最高なんだろうなぁ～」

私がうっとり呟くと、全員にそうじゃないだろうという目で見られてしまった。解せぬ。

とりあえず全員が〈ドラゴンの笛〉をゲットできたので、今度は〈黒竜〉のドロップアイテムの確認だ。

「何かいいアイテムはあるかな？」

「辺りを探したけど、落ちてたのは二つだけだな」

「あ！　これいいよ、〈黒竜の息吹〉。ケントが使うのにちょうどいい」

「え、俺!?」

ドロップアイテムは、一つ目が〈黒竜の息吹〉という大剣。二つ目は、〈黒竜の鱗〉という素材アイテムだ。これはアイテム製作などの材料として使われることが多い。

「〈黒竜の息吹〉は〈竜騎士〉専用の装備なんだよね。だから、同じように剣を使うブリッツやミモザでも使いこなすことができないんだよ」

「専用装備……」

専用という言葉を聞いて、ケントがソワソワし始めた。わかるよ、自分だけの、っていうのはたまらないよね。

「なら、この剣はケントが使うのがいいですにゃ」

「で、でも、これってかなり貴重な剣だろ？　俺――」

「ストップ。そんなことを言っていたら切りがありません。ここは気にせず受け取ってください。逆に、ほかの人が必要なアイテムが出た場合も、そのようにすればいいですから」

申し訳なさそうにするケントに、リロイが構わないから使うようにと言ってくれる。仲間内なので、異を唱える人はいない。

「……ありがとう。俺、この剣で頑張る――………ん？」

ケントが格好良く〈黒竜の息吹〉を手にしてポージング！　をしようとしたのだが、剣の重さで腕が持ち上がらなくなっている。どうやら装備条件が〈竜騎士〉なので、〈騎士〉のケントには扱えないみたいだ。

「え、ちょ、どうすればいいんだ!?　せっかく俺の剣になったっていうのに……!!」

「……転職するまで、〈簡易倉庫〉にしまっておくしかないね。装備できないだけで、持っていること自体はできるはずだから」

「そんなぁ……」

あからさまにがっくりと肩を落としたケントに、くすりと笑う。

「大丈夫、すぐ転職すればいいだけだからさ。今日で私たちのレベルも90台になるし、あと数日もあればすぐだよ」

私がグッと拳を握って主張すると、ケントは大きくため息をつく。

「まあ、無茶だ無茶だと思ってはいたものの……やっぱりシャロン、規格外すぎる……」

ピイイイィィと透き通った音色に応えるように、空からドラゴンが舞い降りた。私が手を伸ばすと、朱色のドラゴンが顔をすりつけてくる。

……可愛《かわい》い。

「ほ、ほほ、本当にドラゴンが来た!!」

「すごい……。笛を吹いただけなのに……」

〈黒竜〉撃破の報酬でもらった〈ドラゴンの笛〉は、最初に使ったとき、ランダムでドラゴンの色が選ばれる。私のところに来たドラゴンは鮮やかな朱色。タルトは黄緑色、リロイとケントが青、ココアが水色で、ブリッツが緑でミモザは黄色。ここら辺はよくある色で、ゲーム時代もよく見かけた。朱色はちょっとレア色で、乗っている人は少なかった。

「わたしも呼びますね」

「ティティア様お一人でドラゴンに乗るなんて。私のドラゴンに一緒に乗った方が安全では……」

「大丈夫ですよ」

最後にティティアがドラゴンを呼ぼうとしているのだけれど、リロイが過保護ぶりを発動していて苦笑するしかない。

ティティアがピイイィと笛を吹くと、雲の隙間から一匹のドラゴンが現れた。それを見て、私をはじめ、全員が目を見開く。

まさに光り輝くばかりの、美しい白――。

「わあ、わたしのドラゴンは白ですね!」

「素敵な色ですにゃ！」

「さすがです。ティティア様にお似合いのドラゴンですね」

「…………」

和気あいあいと話すティティアたちに、開いた口が塞《ふさ》がらないとはこのことだろうか。白なんて、今まで見たことがない。

……私も知らない色があったなんて。

超レアでティティアの引きがよかったのか、それとも〈教皇〉だから白いドラゴンだったのか。姿はほかのドラゴンと一緒なので、本当に色のみレアなんだろうけど……なんというか、いいものを見たなと思う。

これも景色のうちの一つだね。

「さてと……せっかくだし、街の近くまで飛んで帰ろう！」

「はいですにゃっ！」

私は自分のドラゴンをそっと撫《な》でて、鐙《あぶみ》に足をかけて背に乗った。ドラゴンは乗り物アイテムなので、ちゃんと座って乗れるように鞍《くら》や鐙などが装備されているのだ。

「わっ、目線が一気に高くなる！　絶景だ!!」

「俺も！　俺も乗る!!」

私が乗ったのを見て、ケントもドラゴンの背に乗った。すぐに「うわあぁ」と歓声をあげたので、とても気に入ったようだ。

「わ、わたしも乗りますにゃ！」

「わたしもです！」

タルトとティティアは手綱を一生懸命掴《つか》みながら、よじ登りつつも鐙に足をかけてドラゴンの背に乗った。見ると、もう全員がドラゴンの背に乗っている。

「んじゃ、飛ぼうか！」

「おう！」

「はいですにゃ！」

私がドラゴンを飛ばすと、すぐにケント、タルトと続いてきた。その次にココアとミモザが続き、ティティアが来てその後ろにリロイとブリッツがいる。

……って、ティティアの護衛隊列!!

早くドラゴンで飛びたすぎて、一番に飛び出したことをそっと心の中で反省した。


「ひゃ〜！　高い!!」

その身に風を受けたドラゴンは、空高く舞い上がる。空気が冷たいけれど、戦闘後で熱を帯びている体にはそれも心地いい。

私が空の景色を堪能していると、後ろから息を呑んだ音がした。

「――すごい、ですね。ツィレの街が見えます」

地上を見下ろしたリロイの視線は、ツィレの――正確にはツィレにあるクリスタル大聖堂に釘付《くぎづ》けになっているみたいだ。きっと、あの場所に相応《ふさわ》しいのはロドニーではなくティティアだと考えているんだろう。

「……わたし、自分が住んでいる場所を空から見たのは初めてです。この国には、今見える街よりもっと、大勢の人が暮らしているんですよね」

「そうですね」

感慨深そうに呟いたティティアに、私は同意する。

ゲームのときには何も思わなかったけれど、今は大勢の人がこの世界で生きているんだ。それはなんとも不思議な感覚で、けれど、この世界が好きだなと私は改めてそう思った。

「よっし、誰がスノウティアの近くまで一番早く行けるか勝負だ！」

「にゃっ!?　初めて乗ったばかりなのに、無茶ですにゃ！」

「〈竜騎士〉になる身としては、負けてらんねぇ……！」

「ちょ、ケント飛ばしすぎだよ!!」

私がドラゴンの速度を上げると、真っ先にケントが食いついてきた。その後ろにタルトがいて、ココアがいる。

「にゃにゃ〜、止まらないですにゃ!!」

タルトは小さくて体重が軽い分、スピードが出やすいみたいだ。一気にケントを抜いて、私の横に並んだ。

「私とタルトが同着一位！」

「やったですにゃ〜！」

さすがはドラゴン、あっという間にスノウティアに帰ってくることができた。


その後も狩りを続けた結果、私たちは無事に覚醒職の条件であるレベル100に到達した。

ということで、やっときました転職タイムです。また各自転職クエストがあるので今すぐというわけにはいかないけれど、最速でクエストを進める所存だ。

私たちは一度スノウティアに戻って、転職するためツィレへ向かった。

最悪続き

ツィレに戻ってきた私たちが最初に行ったところは、冒険者ギルドだ。目的はドロップアイテムを売ることと、素材の購入。最近は〈火炎瓶〉の材料を高値で購入しているので、扱いも増えていて嬉《うれ》しい限り。

メンバーは、私、タルト、ケント、ココアの四人。ティティアたちは顔を知っている人がいる可能性が高いので、宿で待ってもらっている。

「えーっと、別室にご案内させてください」

私が机の上にドラゴンのドロップアイテムを一つ置くと、受付嬢のプリムが頬《ほお》を引きつらせながらそう言った。

案内された別室のテーブルに、私たちはドロップアイテムを複数置く。全部ではない。さすがに全部なんて出したら、プリムが卒倒してしまうことくらいわかる。

「こ、こんなに……ドラゴン素材が……」

口元を引きつらせるプリムを見て、ケントとココアがわかるとばかりに頷《うなず》いている。タルトは「いくらになりますにゃ？　素材と交換でもいいですにゃ」となんだかたくましく交渉を始めた。

〈錬金術師〉としていろいろな素材を扱ううちに、金銭のやりとりもだいぶ慣れてきたみたいだ。ケットシーの島にいたときとは見違えたね。

「今まで頼んでいた素材のほかにも、ほしいものがいっぱいあるんですにゃ」

「素材の購入ですね。そしてこの素材の買い取りですが……正直、金額がすぐに出ません。少しお時間をいただいてもいいですか？　あ、最低限の金額を先にお渡しすることはできます」

そう言って、プリムが提示した金額は五〇〇万リズだ。ドラゴン素材がいかに貴重か一目でわかる金額だね。残りの金額は、ギルドで検討して決めるそうだ。もしくは、買い取り希望のベテラン冒険者がいるかもしれない。そういったことを検討しつつ決めるのだろう。

プリムが提示した金額を見て、今まで勇ましく交渉しようとしていたタルトが目を丸くして驚いている。どうやら予想外に金額が高くて動揺してしまっているみたいだ。ぶわっと逆立つ尻尾がなんだか可愛《かわい》い。

「ドラゴン、すごいですにゃ」

「すごいってか、俺は金銭感覚がおかしくなりそうだよ……というか、もうおかしくなってる気もするけど……」

「うん、わかる……」

驚くタルトとは対照的に、ケントとココアはお金を手に入れすぎて困惑しているみたいだ。

……でも、これから先もっと強くなろうと思うと、五〇〇万リズ程度じゃ全然足りないからね！　レベル上げとはお金がかかるものなのです。

「その金額で問題ないです」

「ありがとうございます。それでは、すぐに用意を――」

プリムが安堵《あんど》した瞬間、「大変だ！」という叫び声が聞こえてきた。プリムが慌ててドアを開けて見ると、声を荒らげた冒険者が飛び込んできたところだった。ギルド内から、いったい何事だというざわめきが聞こえてくる。

「「「――!?」」」

「空がおかしいんだ！　すげぇやばい！」

「「「空が……？」」」

私たちは顔を見合わせつつ、首を傾《かし》げる。その冒険者がいったい何を言っているのかわからなくて、確認のためギルドの外に出た。

すると、そこには信じられないような光景が待っていた。

「え……？」

空を見上げて、私は軽く息を呑《の》んだ。

「なんですか、あの雲は！　暗雲……というには凶悪すぎます」

ツィレの街全体に陰りができていた。その原因は、上空に立ち上っている暗雲。暗く、しかしときおり黒紫に光り、見ているとまるでこの世ではないような感覚に陥りそうになる。

――〈ルルイエ〉のイメージカラーに似てる。

思わずそんなことを考えてしまった。

「あ……！　中央広場の方でどよめきが大きくなってるみたいですよ」

「私、ちょっと行ってみます！」

プリムの言葉を聞いて、私たちも一目散に走り出した。私以外にも、「あっちだ！」「どういうことだ!?」「何があるんだ!?」と中央広場へ向かっている人は多い。いったい何が起こっているのか、この目で確かめなければ。

すぐに中央広場に到着すると、全員の視線が大通りの南方面に向いていた。見ると、隊列を組んだ〈聖堂騎士〉が歩いている。

そしてその中心には――闇の女神ルルイエの手を引いて歩くロドニーの姿があった。

「嘘《うそ》……」

〈ルルイエ〉の両の手の鎖はついたままで、目には目隠し。ダークレッドの髪に、黒を基調とした服。その雰囲気は物静かで、何を考えているのか――モンスターとして以外に意思があるのかが、わからない。

「本当に〈ルルイエ〉を連れてきたなんて……」

いったいどうやったのかはわからないけれど、その光景はそう――クエストのような雰囲気だと直感的に思った。

……だけど、この暗雲の原因がはっきりしたね。

〈ルルイエ〉を連れてきたことにより、周囲の大気が歪《ゆが》み、その影響が空に出たのだろう。黒紫の雷が光っているのが、何よりの証《あかし》だ。

「すみません、シャロンさんたち！　緊急事態なので、私はギルドに戻ります。お金も用意するので、一緒に来てください！」

「わかりました」

空がこんなことになれば、その原因を探らなければならないのは当然だ。これからギルドは慌ただしくなるだろう。

「お師匠さま……。ティーたち、大丈夫ですにゃ……？」

「うん、それは大丈夫だと思う。だけど、宿には早く帰った方がよさそうだね」

私の言葉に、タルト、ケント、ココアが頷く。

「てか、これはツィレの上空だけみたい……いや、ゆっくり、本当にゆっくりだけど、少しずつ広がってる？」

空を見上げたケントは、眉を顰《ひそ》める。

「……クソ！　俺にもっと力があれば、騎士たちと歩いてたロドニーを捕らえることができたのかもしんねぇのに」

ケントはぐっと拳を握りしめ、遠くなってしまったロドニーを睨《にら》み続けた。

宿に戻るとすぐ、ティティアが飛びついてきた。

「シャロン！　タルト！　ココア！　ケント！　大丈夫でしたか？　空が暗くなって……ああ、無事でよかったです」

小さな体を震わせながら、ティティアが安堵して微笑《ほほえ》んだ。窓の外の暗くなった空を見て、かなり不安だったことだろう。情報を得たいと思っても、正体がばれたらいけないので迂闊《うかつ》に外に出ることもままならない。

私は今見てきたことを、簡単に説明する。

「……ロドニーが〈ルルイエ〉を連れて帰ってきていました。たぶんこの空は、〈ルルイエ〉の影響を受けているんだと思います。今のところ危険はないみたいですけど、あまりこの空の下にいたいとは思えないですね」

リロイは「なるほど」と頷き、すっと冷たい目になった。

「ロドニーごときがよく無事で帰ってこられたものです」

「…………まあ、それは私もちょっと驚きました」

ロドニーはレベル46だったので、ワンチャン死んでいるのではと思っていた。まあ、それはさすがに無理な話か。

「あのまま〈常世《とこよ》の修道院〉の奥底で死んでしまえばよかったのに」

「――リロイ！」

氷よりも冷たいリロイの声に、私は思わず震えそうになる。しかしすぐ横、一緒にいたティティアが優しくリロイの手を取った。

「リロイ、そんなことを言ってはいけませんよ」

「……はい。私が浅はかでした。申し訳ございません、ティティア様……」

ティティアの言葉に諭されたわけではないだろうけれど、リロイは微笑んで頷いた。……相変わらずティティア至上主義だね。


ひとまず素材を売った前金を分けて、私たちは今後について軽く作戦会議に入る。

「何をするにしてもまず、私たちは覚醒職になります」

「ああ。まさか自分のレベルが100を超える日がくるとはな……」

ケントは震えつつ、「これで〈竜騎士〉になれる」と意気込んでいる。

「楽しみだね、覚醒職。それぞれ転職する場所が違うから、別行動にしよう。私とリロイは〈フローディア大聖堂〉。ケントは〈王都ブルーム〉の騎士団。ココアは〈森の村リーフ〉だね。大丈夫そう？」

「おう！」

「はいっ!!」

私の問いかけに、ケントとココアが大きく頷いた。二人とも別行動に問題はないようだ。リロイも頷いているので、大丈夫だろう。

「タルト、ティー、ブリッツ、ミモザはこのまま待機だね。ティーのこと、よろしくね」

「はいですにゃ！」

「「お任せください」」

「すみませんが、よろしくお願いします」

留守番組も問題はないようだ。

「わたしは〈製薬〉をして帰りを待ってますにゃ」

「ふふっ、タルトは頼もしいねぇ」

ふんすと気合を入れる私の弟子、最高に可愛い！　私がタルトにデレデレになっていると、リロイがこちらに視線を向けた。

「私たちの転職は、夜中に忍び込みますか？　この間の侵入がばれたので、警備が強化されている可能性があります。まして、今はロドニーが帰還したばかりですから」

「問題はそこなんですよねぇ……」

私はどうしたものかと頭を悩ませる。日中の開いている時間に堂々と入ることができればよかったのだが、あいにくリロイの顔が割れているので難しいだろう。

「うーん、ひとまず私が一般参拝者として〈フローディア大聖堂〉に行って、様子を見てきます。その後、作戦を考えましょう」

「わかりました」

大聖堂で転職する私とリロイはこんな感じでいいだろう。

「んじゃ、俺たちは〈転移ゲート〉で転職場所まで移動するよ」

「早く帰ってこれるように頑張るね」

「うん、いってらっしゃい」

「気をつけてくださいにゃ！」

ケントとココアはもう行くようで、武器を手にして立ち上がる。それをみんなでドアのところまで見送り、私もそのまま大聖堂へ出かけることにした。

「私も行ってくるね」

「いってらっしゃいですにゃ」

「気をつけてくださいね」

タルトやティティアたちに見送られて、私も宿を出た。


さてさて、〈フローディア大聖堂〉の様子はどうなっているかな。幸いなのは、ロドニーの居場所がクリスタル大聖堂ということだろう。そっちに騎士を大勢配置して、こっちが手薄だとありがたいんだけど……。

そう思いながら大聖堂へ向かっていると、「シャーロットか!?」という声が後ろから聞こえた。

――私が知っている、大嫌いな声だ。

遠慮なく、私を「シャーロット」と呼ぶ声。

ああ、思い出しても虫唾《むしず》が走りそうだ。私は聞かなかったことにして、そのまま歩みを進める。

人混みに紛れてしまえば、きっと見失ってくれるだろう。

……よし、そうしよっ!!

ということで、振り向かずに早歩きをすることにした。〈身体強化〉もかけて、競歩選手も真っ青な速度だ。私、世界新を目指せるかもしれない。

が、今度は私の名前ではなく「ゼノ！」と呼んだ。すると、私の前方にいたグレーの髪の男が軽く手を上げた。

——まじか！

「ゼノ、その女はシャーロットだ！　止めろ!!」

「え!?　わ、わかりました!!」

命令にすぐさま反応した男——ゼノはバッと両手を広げるようにして私の方にやってきた。相手はどうやら騎士のようで、騒ぎを起こさず穏便に逃げ出すのは難しそうだ。

……こんな、目立ちたくないときに限って。

私は仕方なく立ち止まり、後ろを振り返る。

「逃げも隠れもしませんよ。私に何か用ですか？　……イグナシア殿下」

風が舞って、私のホワイトブロンドの髪がなびく。ああ、本当に二度と会いたくない相手だったのに。

私の、元婚約者様。

イグナシア殿下は私が言い返したことに驚いたのだろう。大きく目を見開いて、言葉を失っているみたいだ。昔の、従順だったころのシャーロットのことを思い出しているのかもしれない。

だけど、残念。

今の私は前世の記憶を取り戻したシャーロット。そう簡単に、イグナシア殿下に好き勝手させたりするつもりはない。

驚きながらも、イグナシア殿下は私の元まで歩いてきた。ゼノは、私が逃げ出したりしないように後ろで構えたままだ。

イグナシア殿下は私を睨みつけて、苛立《いらだ》たしそうに声をあげた。

「エミリアをどこにやった！　泣いて許しを乞えば考えてやろうと思っていたのに、どれだけエミリアを傷つければ気が済むんだ！　そんなにお前から私を奪ったエミリアが憎いのか！」

「え……？」

一息に告げられたイグナシア殿下の言葉は、意味がわからないの一言に尽きた。

要約すると、エミリアがいなくなったので、その原因、もしくは犯人を私だと決めつけているのだろう。

……というか、エミリアがいなくなった？

まったくの寝耳に水で、冤罪《えんざい》もいいところだ。私は露骨に嫌そうな表情を作って、ただ一言、簡潔に「知らない」とだけ告げた。

「なっ！　また白《しら》を切るつもりか！」

「いや、本当に知らないだけだけど……」

食ってかかってくるイグナシア殿下に、私はため息をつく。今までどうにか会うことなくやれていたのに、このタイミング……ついていない。

「それに、私はイグナシア殿下の相手をしているほど暇じゃないんです」

　これから大聖堂に行って、様子を見てこなければいけないのだが――そう思いながら視線をちらりと向けてしまったのがいけなかったのだろう。ゼノが、「……大聖堂ですか」と当ててしまった。

「大聖堂？　やっぱりエミリアに何かしたのはお前か」

「……？」

　エミリアの行方不明に、大聖堂が関わっているかのような言い方だ。そう考え、そういえばエミリアの職業は〈癒《いや》し手〉だったことを思い出す。それなら、大聖堂に出入りしていてもなんら不思議はない。

「まだとぼけようというのか？　いい加減、エミリアの居場所を吐け！　そして俺に懇願しろ。謝れば、ファーブルムに連れて帰ってやろう！」

「――遠慮するわ！」

　イグナシア殿下は、どうやら話が通じないようだ。ここにいても時間の無駄だと判断した私は、踵《きびす》を返して歩き出す。

　……騒がれたら迷惑だと思ったけど、目立ちたくないのはイグナシア殿下だって同じだ。だったら、私は自由にさせてもらう。婚約破棄を突きつけられ、国外追放まで命じてきたこの男が、今更私に何を言うのか。

　しかし私が歩き始めると、イグナシア殿下は焦りながらついてきた。しかも先ほど声を荒らげて目立ってしまったから、今度は比較的小声で「おい！」と私のことを呼んでいる。

　イグナシア殿下を無視したまま、私は〈フローディア大聖堂〉までやってきた。今まで通り参拝者の出入りがあるが、やはりその数は以前より減っているみたいだ。

「おい、シャーロット！　本当にここに入るのか？　私たちはファーブルムの――」

「いい加減、黙ってくれませんか？」

私はくるりと後ろを向いて、イグナシア殿下の口元を人差し指でピッとさす。ここは仮にもファーブルムと敵対している国なのに、その名前を出すなんて混乱させるようなものだ。王子のくせに、そんなこともわからないのか。

イグナシア殿下は私の意図がなんとかわかったようで、慌てて口を塞《ふさ》いだ。

「にしても、大聖堂になんの用だ？　シャーロットは〈闇の魔法師《ダークメイジ》〉なんだから、こんなところに用はないだろう？　それとも、ここで世界の平和でも祈ってるというのか？　ああ、笑顔の練習もした方がいいぞ」

「うるさい黙れ」

「――っ!?」

思わず心の声が口から出てしまった。いけない、いけない。

大聖堂の中は、神官と巫女《みこ》が行き来している。〈聖堂騎士〉も多少はいるみたいだけれど、数はそう多くはない。

……やっぱり、ロドニーの警護を厚くしてるんだろうね。うん、好都合。

私はふふりとほくそ笑んで、一応フローディア像がある部屋まで行ってみる。もしかしたら、開放されてる――なんて、あるわけないですよね。うん、わかってた。

閉まったままの扉を見て肩を落とすと、イグナシア殿下が「ここに用があったのか？」と不思議そうにする。

「ここはフローディア像がある、祈るための部屋です。なので中に入ってみたかったんですが、閉鎖していて残念です」

ちっとは勉強してくれと思いながら説明すると、イグナシア殿下はわずかに目を見開いた。

「ということは、エミリアはここに祈りに来ていたのか……？　もしかしたら、中に入ればエミリアの手掛かりが見つかるかもしれない」

「は!?　ちょ、何してるんですか!!」

ぱっと表情を輝かせたイグナシア殿下は、扉に手をかけて開けようとし始めた。大聖堂でそんなことをしたら、すぐ騎士たちがすっ飛んでくる。

「だが……！」

「だがも何もないです！　勝手をするのはいいですけど、私を巻き込まないでください!!」

「――っ！」

イグナシア殿下に関わるのは、もう嫌なのだ。私がハッキリと拒絶すると、イグナシア殿下はあからさまに動揺してみせた。

「だだだ、だが、シャーロットはエミリアのことが心配じゃないのか!?」

「全然？」

むしろ、なぜ心配していると思ったのか理解に苦しむ。

「くそ、どうして――」

イグナシア殿下が悔しそうに声をあげた瞬間、バキッという音がした。いったい何事だと音の発生源を見ると、扉がわずかに開いていた。

……もしかして、イグナシア殿下の馬鹿力で壊したっていうこと？

信じられないと、私はため息をつく。

そういえば、イグナシア殿下は時々お父様に鍛えられていたね。お父様は騎士団長なので、かなりの強さだ。鍵くらい壊したとしても……不思議ではない。たぶん。

「都合よく開いたのだから、中を確認してみるか」

「……」

堂々と不法侵入する王族もどうなのか。

私は内心でため息をつきつつも、中に入れるのはありがたいのでついていく。もし何かあったとしても、鍵を壊したのはイグナシア殿下だ。私にはなんの罪もない。もし見つかったら、私は泣いて全力で止めるように言った参拝者ということにしよう。

中はしんと静まり返っていて、私が以前来たときのままだった。ただ、あまり掃除をしていないのか……わずかに埃《ほこり》っぽいのが気になる。

……ロドニーの命令で、誰も中に入れないのかな？

忍び込むことを考えたらありがたいけれど、大聖堂が心配になってしまう。早く取り戻して、ティティアが〈教皇〉として上に立てるようにしなきゃ。

イグナシア殿下とゼノがぐるりと室内を確認している横で、私は扉の鍵を確認する。壊れはしたけれど、見た目はちょっと欠けただけで、破損具合は大きくない。

誰も入っていないみたいなので、私は鍵をこのままにしておいて、夜に堂々と侵入するのがよさそうだと頭の中で作戦を練った。

そしてもう二度と会いたくないと祈りながら――イグナシア殿下たちに気づかれないよう、そっと大聖堂を後にした。

私とリロイは闇夜に紛れるように、〈フローディア大聖堂〉へやってきた。しんと静まり返った大聖堂の内部は神聖な空気に満ち、どこか肌寒さを感じる。けれどときおり、見張りの騎士の欠伸《あくび》が聞こえてきてハッと現実に引き戻されるような感覚になる。

「しかし、ここまで大聖堂が無防備だとは思いませんでしたよ。ロドニーは一体どういうつもりですかね。確かにクリスタル大聖堂が一番大事ですが、ここを蔑《ないがし》ろにしていい理由にはなりません」

リロイは静かに怒りながらも、足早に進んでいく。

そして本当にあっけなく、私たちはフローディア像のある祈りの間に到着してしまった。

「「…………」」

あまりにも楽勝すぎて、私とリロイから言葉が消えた。

「って、早くしましょう。フローディア像に祈りを捧《ささ》げると、転職できるはずです」

「わかりました」

何か言いたいことがありそうなリロイだが、今はそんなやりとりをしている余裕がないとわかっているのだろう。フローディア像の前に膝をついた。

「やっとここまでこれた……」

私はなんだか感慨深い気持ちになりながら、膝をつく。最初にここで膝をついたのは、〈癒《いや》し手〉に転職したときだった。

まだそんなに時間は経《た》っていないはずなのに、濃すぎる日々を過ごしていたのでものすごく懐かしく感じてしまう。

「——女神フローディアよ、私に試練をお与えください」

そう祈ると、目の前にクエストウィンドウが現れた。

【覚醒職〈アークビショップ〉への転職】
あなたの修練の努力を認めましょう。
人を癒し慈しみ、しかし悪魔にはその魂を売らぬことを証明しなさい。

「……さてと、転職クエストといきますか。二人だったらすぐ終わると思うので、このままちゃちゃっと片付けちゃいましょう。いけますか？　リロイ」

「もちろんです。が、いったいどうすればいいんですか？」

何をすればいいかわからないと言うリロイに、確かにこの説明文ではわからないなと苦笑する。

「これは、アンデッド系モンスターを倒しなさいっていうことなんです」

「〈ヒーラー〉に戦えというんですか？　……いや、このレベルになったのですし、多少どころか十分な戦闘経験がありますね」

リロイがハハと乾いた笑いを浮かべたので、思わず苦笑してしまう。

「とはいえ、アンデッドが出る場所は限られてますけど……。リロイはどこか希望がありますか？」

「希望を聞かれても、どこにいるか知りませんよ。多少の知識はありますが、シャロンに比べたら天と地ほどの差があります」

「でしたら、私のお勧めは〈エルンゴアの楽園〉ですね。あそこにはアンデッド系のモンスターがいますから」

私が候補を挙げると、リロイが「攻略済みのダンジョンですか」とわずかに驚いた。

そういえば、〈エルンゴアの楽園〉の情報をあのあとギルドに提供して報酬をもらったけれど、提供者が私だということは言ってなかったね。

「私たち二人で行くなら、そこが一番いいと思います。ほかにもアンデッド系モンスターが出てくる場所はありますけど、モンスターも強いんです。ケントとココアもいないので、無理しない方がいいですし。エルンゴアだったら、私とリロイ二人でも攻略できます」

「では、そこにしましょう」

ということで、すぐに出発することにした。


「騙《だま》しましたね、シャロン!?」

「なんて人聞きの悪いことを言うんですか、リロイ！」

アンデッド系モンスターがボスじゃないなんて、私は一言も言ってないというのにっ！　人を詐欺師みたいに言うなんて、酷《ひど》い。

「普通、お勧めと言われたモンスターがダンジョンボスだなんて思いませんが？」

「…………」

いつもにこやかなリロイの目が冷たくこちらを見ている。

そんな私たちの目の前には、ダンジョンボス〈エルンゴアの亡霊〉がいる。そしてちょうど、攻撃しようとしているところだった。

「――〈女神の鉄槌《てっつい》〉！　まったく……。ひとまず、エルンゴアをどうにかしましょうか」

「そうしましょう。〈女神の一撃〉それから、〈ハイホーリーヒール〉！」

リロイにスキルを使ってから、私もエルンゴアに攻撃する。このスキルは、タルトから〈スキルリセットポーション〉をもらって再取得したものだ。

……つまり、この戦いが終わったらもう一度スキルリセットという最大の苦行が待っているわけである。そう考えると胃が痛い。

とはいえ、〈アークビショップ〉になるためだから仕方がない。

『――我に歯向かう者に、鉄槌を！　〈熾烈《しれつ》の器具〉!!』

エルンゴアが調合器具を飛ばす攻撃を仕掛けてきたので、私はここぞとばかりに用意してきた〈聖水〉を投げつける。すると、エルンゴアが飛ばした器具が聖水に当たって瓶が砕け散った。

『グアアァッ！』

「よしっ、かかった！」

〈聖水〉はエルンゴアにダメージを与え、防御力低下の弱体化《デバフ》をかけてくれる。これで私たちにかなり有利になった。

ダメージを与えられることは知っているので、私は大量に〈聖水〉を投げつける。ふふ、これが聖職者の戦い方だ！

「まったく……。〈聖水〉をこんな安売りのように使われるとは思いもしませんでしたよ」

リロイは苦笑しつつも〈女神の鉄槌〉と〈ハイホーリーヒール〉を使ってエルンゴアに攻撃していく。私に呆《あき》れた様子だが、その手が緩むことはない。

私のことを規格外のように言うことが多いけど、リロイも大概だよね……？

「つと、そろそろ倒せそうだよ！」

エルンゴアは残りのＨＰが10％を切ると、杖《つえ》を回して竜巻を発生させる。近づくことができないので、遠距離攻撃するというのが定石。

「〈ハイホーリーヒール〉！」

「〈女神の鉄槌〉！」

私とリロイが同時に攻撃し、支援をかけ直す。

あと少しで倒せるので、足取りも軽やかだ。初めてエルンゴアと戦ったときは、かなりの長期戦を覚悟していたので……それを思うと、今、とっても楽！　レベルが上がってパーティメンバーがいるというだけで、こうも違うのか。

もう一度〈聖水〉を投げつけてダメージを与え、とどめだ。

「〈ハイホーリーヒール〉!!」

『グアアアァァァァ!!』

私とリロイの声が重なるのと同時に、エルンゴアの断末魔の叫びが響き渡った——。


〈エルンゴアの楽園〉から帰還した夜、私とリロイは再び〈フローディア大聖堂〉のフローディア像の前にやってきていた。

二次職と違い、覚醒職はフローディア像の元に戻ってこないと転職が完了しないのだ。普段であれば気にもしなかったけれど、この情勢だと面倒なことこの上ないね。

私がそんなことを考えている横で、リロイは静かに怒りの色を浮かべていた。

「…………フローディア像の部屋の鍵がまだ壊れたままです。この大聖堂には何人もの神官や巫女《みこ》、〈聖堂騎士〉だっているというのに……誰も気づかないのですか？　ああ、このように自堕落な管理をしているなんて、悲しいです……」

「まあまあ、そのおかげで私たちはフローディア像に祈れるんですから。とりあえずよしとしましょうよ」

今回ばかりは非常に助かるからね。

私はフローディア像の前に立ち、像を見上げてみる。今まで何度か祈りを捧げてはきたけれど、まじまじと見ることはなかった。

「歴史的価値に、美術的価値……それがあるんだなって、見ていて思います。もっと早く、こうやってちゃんと見られたらよかったなぁ」

最後は無意識に呟《つぶや》いてしまったけれど、その気持ちは本当だ。ここに来るときは、いつも慌ただしかったからね。

「さて、仕上げです。祈りましょう、リロイ」

「ええ」

私が女神フローディア像の前に跪《ひざまず》くと、リロイもそれに続いて跪く。すると、私とリロイの体がぱぁっと光り輝いて――〈アークビショップ〉になった。

「やっと〈アークビショップ〉になれた！」

ここまで長い道のりだった。ゲームだったら数日もあれば転職できたが、今は現実になり、アイテムや装備がないし、一緒に戦う仲間だって違う。成長の遅さをもどかしく思うこともあったけれど、こうやってみんなでレベル上げをするのも楽しかった。

……とはいえ、ロドニーのせいでいっぱいいっぱいだったけどね。

私はふーっと息を吐いて、隣にいるリロイを見る。リロイは自分の体をまじまじと見て変化を探しているようだが、残念ながら転職しても特に変化はない。

「さて、と……。ひとまず大聖堂から出ましょう」

「そうですね。誰かに見つかったら厄介です」

転職の光に気づかれていたら面倒なので、私たちは急いで大聖堂を後にした。


そしてやってきたのは――〈木漏れ日の森〉だ。笛を鳴らしてドラゴンを呼び、闇夜に紛れてひとっ飛びでやってきた。

「ん～、夜のドラゴンドライブ、最高……っ!!」

「私は一刻も早く〈アークビショップ〉になった報告をティティア様にしたかったのですが……」

なぜここに？　とリロイが私を睨《にら》む。

「転職したらレベルを上げておかないと！　1レベル分でいいので、付き合ってください」

「……わかりました。シャロンは言いだしたら聞かないでしょうからね」

やれやれと肩をすくめるリロイと一緒に〈オーク〉を狩りまくって、朝が来るころに1レベル上げることができた。


「おかえりなさいですにゃ！　お師匠さま、リロイ！」

「「おかえりなさい」」

「ただいま」

「ただいま戻りました」

宿に戻ると、タルト、ティティア、ブリッツ、ミモザが迎えてくれた。ケントとココアは転職クエストからまだ戻っていないようだ。

「転職は無事に終わったんですにゃ？」

「うん、ばっちりだよ！　私たちは二人だったから、一人でやってるケントたちより楽だったかな？」

さらに言えば、私のゲーム知識もあるためスムーズに行うことができた。ケントとココアは必死に頑張っていることだろう。

「よかったですにゃ。おめでとうございますにゃ！」

「おめでとうございます、二人とも」

「「おめでとう」」

私とリロイはお祝いの言葉をもらい、笑顔を返す。

「ありがとう！」

「ありがとうございます」

やっと〈アークビショップ〉になったから、ここからが私無双の時間だね！　もっとレベルを上げて、スキルも取っていきたいところだし、〈聖女〉クエストも進めていきたいからね。

私はパンと手を叩《たた》いて、ティティアとリロイを見た。

「じゃあ、さっそくやっちゃいましょうか」

「「？」」

「二人とも忘れちゃったんですか？　ティーとリロイの解呪ですよ」

不思議そうにするティティアとリロイに私が告げると、全員が息を呑《の》んだ。

「私が転職を急いでいたのは、もちろんロドニーに対抗するためでもあるんですけど、〈アークビショップ〉のスキルには〈解呪〉がありますからね」

もしかしたら、ロドニーを食い止めるだけだったらここまでレベルを上げる必要はなかったかもしれない。しかし、この一連の流れをクエストとして見た場合は、私が〈アークビショップ〉になる必要があった。

この世界には、呪いを解くアイテムは存在していない。呪いを解くには、死ぬかスキル〈解呪〉しかないのだ。

「よかったですにゃ。これで、二人が元気になれますにゃ」

タルトは自分のことのように喜んで、目にうっすらと涙を浮かべている。それにつられてティティアも涙目になりそうになっているが、ぐっとこらえているみたいだ。

ティティアとリロイは互いに頷《うなず》き合って、私の前にやってきた。

「「――お願いします」」

二人が私の前に膝をついて、手を組んで目を閉じた。私は静かに頷き、杖の先を二人の前に向けてスキルを使う。

スキルさえ覚えてしまえば、呪いを解くことは簡単なのだ。

「〈解呪〉」

スキルを使うと、二人の周囲に天使が舞った。キラキラと光るその姿は荘厳で、ゲームで見たときより何倍も神々しい。

……すごく綺麗《きれい》。

「ああ……わたしの力が、戻ってきます」

ティティアが微笑《ほほえ》むと、ふいにその力が膨れ上がり――瞬間、ティティアの背中に天使の翼が見えてすぐにかき消える。どうやら、呪いはティティアの力を抑えつける役目もしていたようだ。

「祈りましょう。わたしの大切なこの国のために――」

凛《りん》とした、けれど清らかなティティアの声が耳に心地よい。

ティティアが祈ると、それは起こった。おそらく、奇跡という言葉以外では上手《うま》く表現できないのではないかと思う。

静かな、けれど力強いティティアの祈りは、ツィレに変化をもたらした。ルルイエによって暗雲が立ち込めていたツィレの上空に青空が戻ったのだ。いや、ツィレに聖なる祈りの結界を張り――空の陰りを退けたというのが正しいだろうか。

「すごい……これが、〈教皇〉の本来の力……?」

私が息を呑みながら窓の外を見ると、街の人たちの喜びの声が聞こえてきた。暗い空に不安を覚えている人ばかりだったので、心の底から安堵《あんど》したのだろう。

……街から出ていった人も多かったみたいだからね。

ほっと胸を撫《な》でおろしたのも束《つか》の間《ま》で、すぐ私の目の前にクエストウィンドウが現れた。


【ユニーク職業《ジョブ》〈聖女〉への転職】

教皇の呪いが解かれ、〈聖都ツィレ〉は聖なる力に包まれ天使が現れた。

天使と一緒に女神フローディアの元へ行き、〈聖女〉の役目を知りなさい。


どうやら無事に〈聖女〉クエストが進んだようだ。もしかしたらティティアの呪いを解いて終わりかと思ったけど……まあ、そんな簡単じゃないよね。

「……というか、天使？　女神フローディア？」

よくよく読んでみると、とんでもないことが書いてあるではありませんか。私がじっとクエストウィンドウを見ていると、ティティアが「あ――」と声をあげた。見ると、目の色が薄い金色になっている。

「女神フローディアの遣いがいらっしゃいます」

「え？」

ティティアがそう告げて手を上げると、ぱあぁっと大きな光が溢《あふ》れ、その中心に――天使がいた。

「――!!」

「天使……!?」

「どういうことだ⁉」

「にゃにゃっ‼」

私たちは突然のことに、大きく目を見開く。リロイはすぐにティティアを庇《かば》う態勢を取りつつも、直前の言葉から敵ではないこともわかっている。ブリッツとミモザも予想外のことすぎて、どう動けばいいか判断しかねているみたいだ。タルトは驚いたからか尻尾がぶわっと逆立った。

きっと、これがクエストウィンドウに書かれていた天使という存在なのだろう。

「私のクエストが進んでるみたいです。この天使が、女神フローディアの元に導いてくれると」

私が簡単に説明すると、みんながごくりと息を呑んだ。


光の中から現れたのは、外見が一〇歳くらいの天使だった。

頭には、天使の輪っかと羽に似たアホ毛。高い位置でツインテールにしていて、毛先はエメラルドグリーンに染まっている。腰から生えている純白の翼。透き通るような肌は、まるでお人形のようだ。白を基調にした膝上のワンピースドレスは神秘的で、天使という言葉がぴったり当てはまるような存在だった。

――開いた瞳の色は金色で、今さっきの神託を述べたティティアと同じ色だ。

ふわりと浮いていた天使は、ゆっくり床に着地し慈愛に満ちた笑みを浮かべて口を開いた。

「わたしは天使。〈聖女〉候補をフローディア様の元へ案内するために参りました。さあ、行きましょう」

天使はそう言って、私に手を差し出した。

進み始めた〈聖女〉クエスト

差し出された天使の手は透明感のある肌で、思わずまじまじと見てしまった。美しいものは、景色以外にもたくさんあるのだなと思わせられる。

私がすぐに応えなかったからか、天使は首を傾《かし》げた。

「さあ、すぐにフローディア様の元へ行きましょう」

天使の言葉に、しかし私は首を振る。

「いいえ。まだ行きません」

確かに天使の提案は魅力的だ。しかし、私にはまだやらなければならないことがある。これを後回しにはしたくない。

「……なぜですか？」

「先に大聖堂の問題をどうにかしたいからです。ティー……〈教皇〉ティティア様の力が戻った今、ロドニーを倒してクリスタル大聖堂を取り戻すチャンスです」

「シャロン、それは……！」

私の言葉に慌てたのは、ティティアだ。表情を見るに、天使を待たせるなんてとんでもない！ということなのだろう。

しかしよく考えてほしい。今、〈聖女〉クエストを進める余裕が私たちにあるのか？　――と。ないだろう。クエストといえば、かなりの確率で戦闘がついてくる。それを考えると、私たちにはまったくもって準備が足りないのだ。私がそういったことを説明すると、ティティアも理解できたようで、ぐっと口を噤《つぐ》んだ。

「確かに、わたしたちには準備が足りないのかもしれません。ですが、天使様をお待たせしてしまっていいのでしょうか？」

ティティアは天使を優先した方がいいと考えているようだ。その気持ちはよくわかるけれど、焦って失敗するわけにもいかない。

「……それに、ケントとココアがいない状態で次のステージに進むのは危険だからね」

「あ……。そうですね、二人は強いですから」

納得したらしいティティアに、私は頷《うなず》く。

あの二人が覚醒職になって戻ってきたら、かなりの戦力アップになる。私の〈聖女〉クエストを進めるのは、それからがいいだろう。

「――ということで構いませんか？　天使様」

念のため私が天使に問いかけると、しばし考えるそぶりを見せつつも……「いいでしょう」と頷いてくれた。

「大聖堂はフローディア様に祈りを捧《ささ》げる大切な場所ですからね。今の乗っ取られている状況は、わたしも看過できるものではありません。すぐに、取り返してください」

「は、はいっ！」

天使の言葉に返事をしたのは、ティティアだ。天使に取り戻すよう言われてしまっては、何がなんでも取り戻さなければいけないとティティアの使命感のようなものに火がついたのかもしれない。

……すんなり許可を得ることができてよかった。

「それと、わたしのことはどうぞ天使ちゃんとお呼びください。天使に個体名はありませんから」

「え、あ……はい。天使ちゃん、ですね」

「それでよろしいかと」

まさかの天使ちゃん呼びの提案に驚きつつも、ティティアは素直に頷いていた。


天使が仲間に加わってからケントとココアの帰りを待つまでの間、私たちはいつも通り狩りをした。覚醒職のスキルレベルを少しでも上げておきたいからだ。

同時に、アイテムの買い取りも強化した。〈聖女〉クエストを進めるには、かなりの消耗品が必要になるだろう。前回の〈ルルイエ〉戦のときのように、ポーションの残数に不安があるような状態は避けなければいけない。

ということで、狩りを終えた今はしばしスノウティティアの宿で休憩中だ。

タルトはティティア、天使と三人で買ってきたお菓子でティータイムをしている。リロイとミモザは大聖堂に関する今後を話し合っていて、ブリッツは解放した〈聖堂騎士〉たちと連絡を取るために出かけている。

私はといえば、今後のことをぼーっと考えていた。

スキルはレベル80で一度スキルポイントの取得が終わり、覚醒職になったらその時点のレベルから再びスキルポイントを得られるようになる。ただ、覚醒職で得られるスキルポイントは30なので、ちょっと少ない。

私は102レベルで〈アークビショップ〉になったので、レベルが106になった今でも、上がったのは4レベルだけで、スキルも4ポイント分しか取得できていない。

「いい感じにスキルは取れたけど、支援特化だからもうちょっと装備があったらいいんだけどなぁ……」

具体的には、空いている左手装備とアクセサリー装備がほしいところだ。ただ、いいものはそれなりの場所じゃないと手に入らないので、難しいところ。今はプレイヤーがいないので、ドロップや〈鍛冶師《かじし》〉などの良質装備が流通してないのが痛いね。

私がうんうん唸《うな》っていると、「ただいま！」とケントが帰ってきた。ココアよりケントの転職の方が早く終わったみたいだ。

「おかえり！」

「おかえりなさいですにゃ」

「「おかえりなさい」」

基本情報

名前 シャロン（シャーロット・ココリアラ）

レベル 106

職業 アークビショップ
治癒のエキスパート
どんな困難も乗りこえられる回復のサポート！

称号

婚約破棄をされた女
性別が『男』の相手からの
攻撃耐性 5%増加

女神フローディアの祝福
回復スキルの効果 10%増加
回復スキル使用時のマナの消費量 50%減少

スキル

◆ **祝福の光**
綺麗な水を〈聖水〉にする
使用アイテム〈ポーション瓶〉

♥ **ヒール** レベル10
一人を回復する

♥ **ハイヒール** レベル5
一人を大回復する

♥ **エリアヒール** レベル5
半径7メートルの対象を回復する

♥ **完全回復** レベル5
自身の60%の体力とすべてのマナを捧げ
相手の体力とマナを完全回復させる

♥ **解呪**
呪いを解くことができる

⇧ **女神の知識**
スキルの発動スピードが向上する

♥ **リジェネレーション** レベル5
10秒ごとに体力を回復する

♥ **マナレーション** レベル5
30秒ごとにマナを回復する

⇧ **身体強化** レベル10
身体能力（攻撃力、
防御力、素早さ）が向上する

⇧ **攻撃力強化** レベル3
攻撃力が向上する

⇧ **魔法力強化** レベル3
魔法力が向上する

⇧ **防御力強化** レベル3
防御力が向上する

⇧ **マナ強化** レベル2
自身のマナが増える

⇧ **女神の使徒** レベル3
攻撃力、魔法力、防御力が向上する

⇧ **女神の一撃**
次に与える攻撃力が2倍になる

◆ **女神の守護** レベル5
指定した対象にバリアを張る

♥ **キュア**
状態異常を回復する

⇧ **聖属性強化** レベル1
聖属性が向上する

⇧ **耐性強化** レベル5
各属性への耐性が向上する

⇧ **不屈の力** レベル5
体力の最大値が向上する

装備

頭 慈愛の髪飾り
回復スキル 5%増加　物理防御 3%増加
全属性耐性 3%増加

胴体 慈愛のローブ
回復スキル 5%増加　魔法防御 3%増加

右手 芽吹きの杖
回復スキル 3%増加　聖属性 10%増加

左手 -----------

アクセサリー 冒険の腕輪
システムメニュー使用可

アクセサリー -----------

靴 慈愛のブーツ
回復スキル 5%増加　物理防御 3%増加

慈愛シリーズ（3点）
回復スキル 15%増加
物理防御 5%増加
魔法防御 5%増加
スキル使用時のマナの消費量 10%減少

私たちがケントを迎え入れると、嬉《うれ》しそうにへらりと笑った。頬《ほお》が赤く、気持ちが高揚していることがわかる。そしてケントの腕の中には、大きな卵。

……現実で〈竜騎士〉になると、ああやって卵を持たなきゃいけないんだ。

私がそんなことを考えていると、タルトが不思議そうに「その卵はなんですにゃ？」とみんなの疑問を聞いてくれた。

「ふっふっふっ、よく聞いてくれた！　これは〈竜騎士〉になった俺の相棒なんだ!!　卵が孵《かえ》ると、ルーディット様みたいにドラゴンと共に戦うことができるんだ!!」

「すごいですにゃ!!」

「わあ、ケントの相棒のドラゴンが産まれるんですね！」

ドヤッと嬉しそうに告げるケントに、タルトとティティアがすごいすごいと感激している。「触っても大丈夫ですにゃ？」と興味津々だ。

「かなり硬い卵なんだよ。ほら」

ケントがソファの上に卵を置くと、タルトとティティアが目を輝かせながら優しく触れた。

「それで、ええと……」

「うん？」

「そちらの方は？　なんか神々しさを感じるんだけど……」

そういえば、天使の紹介をすっかり忘れてたね。

「この子は女神フローディアの遣いなの」

「フローディア様の元へ案内するために参りました。個体名はありませんので、天使ちゃんとお呼びください」

「ててて、天使!? ちゃん!?」

ケントは盛大に驚いて、何度も目を瞬《しばた》いている。「そんなすごい人をフレンドリーな感じに呼んでいいのか!? でも……」と、葛藤もしているみたいだ。

「天使ちゃんを見ると、やっぱり驚くしかないですね」

「人間の前に顕現することはほとんどありませんから」

「なるほど……」

ひとまず、天使のこととこれからの動きを説明した方がいいだろう。そのためにお茶でも用意しようと思っていたら、「ただいま!」とドアが開いた。ココアだ。

「おかえり、ココア」

「おかえりですにゃ!」

「「おかえりなさい」」

みんなで迎えると、ココアは部屋に入ってすぐに天使を見つけて、目を瞬かせたまま固まってしまった。その神々しさに、思わずどうすればいいか処理落ちしたのかもしれない。

「お茶をしながら、今後の作戦会議をしようか」

私はお茶とお茶菓子を用意して、これからのことを話すことにした。

「つまり、レベルアップしたから大聖堂を取り戻して……」

「その後に、女神フローディアの元に行く……っていうこと？」

「そうです！」

ケントとココアが状況を理解してくれたので、私は大きく頷いた。

「ティーとリロイの呪いも解けたから、大聖堂も取り戻せたらいいと思うんだ。ケントとココアも〈竜騎士〉と〈歌魔法師《ソングマジシャン》〉になって戦力もアップしたからね」

ロドニーたちを放っておいたままにするのもよくないだろうし。

「……わかった。ティーたちのために、大聖堂を取り戻そう。それに、ここは俺たちの生まれた国でもあるんだ。ロドニーの好き勝手にさせとくのは嫌だ」

「そうだね。私たちの国を取り返そう！」

「おお！」

二人は気合十分のようだ。私も負けないくらい気合を入れて、最高の支援でサポートしなきゃいけないね。

すると、ココアが「そうだ、お土産があるんだった！」と〈鞄《かばん》〉の中をなにやらごそごそし始めた。

「素材を買ってきたよ！　タルトが〈製薬〉で使えるかと思って」

「にゃにゃっ！　すっごく助かりますにゃ！　ありがとうございますにゃ〜！」

ココアがテーブルの上に素材を置くと、タルトは尻尾をピーンと立たせて喜んだ。お土産の内容は、〈火のキノコ〉〈水のキノコ〉〈薬草〉などの素材類だった。

「わあ、〈火炎瓶〉と、〈水のキノコ〉があれば防御系のポーションを作ることもできますにゃ！　ありがとうですにゃ、ココア」

タルトがほくほく顔でお土産を回収すると、ケントが「その手があったのか!!」と頭を抱えた。素材を買ってくるということに頭が回らなかった自分を悔やんでいるらしい。きっと、ドラゴンの卵のことで頭がいっぱいだったんだろうね。

……ドラゴンの卵は受け取ってから二四時間で孵化《ふか》するから、明日にはケントの相棒をお披露目することができるだろう。

「まあまあ、〈転移ゲート〉があればいつでも買いに行けるから大丈夫だよ」

「ハッ！　そうだった!!　なら、タルトが準備してる間に買ってくる！　ブルームで素材を買ってこられるのは、俺とココアくらいだからな」

「じゃあ、お願いしますにゃ」

「任せとけ！」

ということで、ケントはとんぼ返りで再びブルームへ行ってしまった。

ケントがブルームでの素材の買い取りから戻ってきたあとは、タルトがせっせと〈製薬〉している間にスキルのためにレベル上げをすることにした。

……タルトにだけ任せちゃう形で申し訳ないけど……!!

私たちが狩場に選んだのは、〈咆哮《ほうこう》ポーション〉の素材をゲットできる〈ドラゴンの寝床〉だ。

ケントを前衛に、私、ティティア、リロイ、ココアが参加している。ブリッツとミモザはほかの〈聖堂騎士〉たちとの連絡のため、今回は来ていない。

一度ここでの狩りを経験しているので、ケントたちもだいぶ慣れたようだ。

「〈挑発〉！　からの、〈竜巻旋風《トルネードラッシュ》〉!!」

「いくよ〜！　〈空から落ちた瞳は、鋭さを増し敵を撃つ♪〉」

ケントがドラゴンを釣ってココアが歌ってスキルを使うと、頭上に集まった水が剣の形になってドラゴンを貫いた。右手に杖《つえ》、左手に魔導書を装備して戦うココアの姿は、とても格好良い。そしてその強さは、〈言霊《ことだま》使い〉のときとは比べものにならない。

私も負けてられないね！

「いい感じ！　〈女神の守護〉〈女神の使徒〉！」

「――〈闇落ち女神の祝福〉〈女神の鉄槌《てっつい》〉!!」

私が支援をし、そのあとにリロイが攻撃スキルを使う。私が一人で支援を回せるので、リロイが攻撃枠になれるのだ。

それからしばらく狩りをして、一休みすることにした。

「そういえば、前に倒した〈黒竜〉って……もう復活しないのか？」

水を飲んだケントが、疑問を私に投げかけた。

ボスによって多少の違いはあるけれど、ゲームのときはだいたい一時間から三時間おきに復活する設定だった。〈黒竜〉の復活時間は一時間だ。

「ダンジョンにいるボスは、ほかのモンスターより時間はかかるけど復活すると思う。〈黒竜〉の場合は……私も確認したことがあるわけじゃないから、絶対ではないんだけど、早ければ一時間くらいで復活するんじゃないかなぁ……？」

「一時間……!?　すご……」

予想外に早い復活だったらしく、ケントは絶句している。

〈黒竜〉の復活サイクルが一時間と早いのは、誰でも初回討伐時に〈ドラゴンの笛〉をもらえるからだ。なので、〈黒竜〉は大人気ボスでいつもフルボッコにされていた。

「倒したい？」

「いやいやいや、あの戦いを今から!?　大変だろ！　タルトもブリッツもミモザもいないのに!!」

もしかしたらと思って聞いてみたけれど、まったくそんなことはなかったらしい。

「あはは……。って、ケントの卵が光ってるよ」

「うおっ!?」

ケントがずっと腰のあたりに縛りつけていたドラゴンの卵が、淡く光りだしている。いよいよ孵化するときなのだろう。

「ドラゴンが生まれるんですか!?」

「こ、こんなところで孵化して大丈夫なの!?」

「いや、わかんないけど……あ、卵にヒビが入った！」

ティティア、ココア、ケントが慌てふためいているうちに、ヒビの入った卵が割れて、中からドラゴンの赤ちゃんが出てきた。

『キュイー！』

ケントの相棒として誕生したドラゴンは、黒色の防御力重視のどっしりとした個体だった。水色の瞳に、鋼《はがね》のような鱗《うろこ》。今は愛嬌《あいきょう》があって可愛《かわい》いけれど、成長するにしたがって勇ましさが増えていくだろう。

〈竜騎士〉の相棒になるドラゴンは、ケントが手に入れた防御力重視の黒い竜、攻撃力重視の赤い竜、回復など支援重視の青い竜の三種類からランダムで誕生する。前衛として盾もするケントには、相性のいい子だ。

ちなみに、私の兄は赤いドラゴンが相棒。

「うおおおぉ、俺の相棒か……!!」

「やったね、ケント！　おめでとう！　これで一人前の〈竜騎士〉だよ！」

「おめでとう！」

「「おめでとうございます」」

ココア、私、ティーにリロイがお祝いを口にすると、ケントは「ああ！」と言ってはにかんだ。

「名前をつけてやらないとな！　ん〜〜〜、よし！　綺麗《きれい》な水色の目だから、お前は今日からソラだ！　一緒に空を飛んで冒険しような！　よろしくな!!」

『キュイキュイ～！』

空の色から名前をソラにしたのが、なんだかケントらしくてほっこりしてしまった。

「よろしくね、ソラ」

『キュイ！』

私の呼びかけにも嬉しそうに応えてくれて、現実になった〈竜騎士〉、めっちゃいいな……などと思ってしまうのであった――。


「ポーションは持ったですにゃ？　足りないものがあれば、すぐに教えてくださいにゃ！」

「タルトが一生懸命作ってくれたからな、ばっちりだぜ！」

タルトが消耗品の配布をし、それぞれ使い方を確認して〈鞄〉に収納する。

今回、ココアがお土産にと買ってきてくれた〈水のキノコ〉で〈水羽衣のポーション〉を作ることができた。これは防御力を上げる効果があるので、戦闘中はできる限り使いたいアイテムだ。

特にケントが大絶賛だ。防御力が上がるのは、前衛のケントにはかなりありがたいポーションだからね。タルトもケントは常時使えるようにと、多めに配ってくれている。

「にしても、〈咆哮ポーション〉もあるし……〈錬金術師〉ってすごいんだな。〈火炎瓶〉を使うスキルも強いし、尊敬する……！」

「えへへですにゃ。道具が必要なのと、素材集めが大変ですけど、楽しいですにゃ」

こうして準備をする私たちを見て、天使は「人間は大変ですね」と目をぱちくりさせている。

「こんなにアイテムを用意するのですね」

タルトの作るポーションが興味深いみたいだ。

「やり直しができないので、入念な準備が必要なんです」

「死んでしまっては、終わりですからね……。十分、気をつけてくださいね。わたしたち天使は人間を手助けすることができませんが、勝利をお祈りいたします」

そう言って、天使は慈愛の微笑《ほほえ》みで祈ってくれる。

「大聖堂はフローディア様にとっても大切な場所ですから、どうぞ頑張ってくださいね」

「はい」

私たちが頷くと、天使はそれはそれは可愛らしく微笑んだ。


ゆっくり深呼吸を繰り返して、私は目の前のクリスタルの大聖堂を見上げる。今、ここにロドニーと〈ルルイエ〉がいる。そしてもう一人の要注意人物は、修道院にいた〈暗黒騎士〉だ。

……今はこっちのレベルの方が上だと思いたいけど、油断はしない方がいいね。

私が振り返ると、仲間たちが並んでいる。

タルト、ティティア、リロイ、ケント、ココア、ブリッツ、ミモザ——そして連絡を取り合っていた〈聖騎士〉と〈聖堂騎士〉がざっと二〇人ほど。

最初は一人で国を出たのに、気づけばこんなにも仲間ができるとは……悪役令嬢だったときには思いもしなかったね。

「さあ、時は満ちた！　いざロドニーを倒すとき!!」

私が高らかに宣言すると、全員が自身の武器をぐっと握り込む。その表情は真剣そのもので、この戦いの重要度がピリッとした空気からも伝わってくる。呑気《のんき》なのは、私たちを傍観している天使くらいだろう。

今回の目的は、ロドニーの捕獲と〈ルルイエ〉の討伐だ。〈暗黒騎士〉は捕獲、討伐、どちらでも構わない。ロドニー側の〈聖堂騎士〉たちは一度牢《ろう》に捕らえることになっている。

クリスタル大聖堂に最初に突入したのは、味方の〈聖堂騎士〉たちだ。その後に私たちが続く。ティティアを守る形でリロイ、ブリッツ、ミモザがつき、私やタルトたちはそれをサポートしつつ臨機応変に動く。

主に〈暗黒騎士〉の相手を私たちがして、ティティアたちにはロドニーを追い詰めてもらう。

私がクリスタル大聖堂に入ると、すでに戦いが始まっていた。が、ロドニー側の〈聖堂騎士〉には多少戸惑いが見えている。こちらの〈聖堂騎士〉を指揮しているブリッツが、ものすごい強さで敵を薙《な》ぎ払っているからだろう。

……みんなレベル100超えになってるからね！

この場はブリッツとミモザに任せ、私たちはロドニーの元へ走る。目的地は、ティティアの部屋だ。

「あと少し――ッ！」

ケントが声をあげた瞬間、スキルで攻撃された。それをケントがどうにか大剣で防ぐと――そこにいたのは、修道院で見た〈暗黒騎士〉だ。

……やっぱりいるか。

私はありったけの支援をかけ直し、閉まったままの扉を見る。〈暗黒騎士〉はティティアの部屋の扉の前に立っているので、護衛をしていたのだろう。

「ケント、そのまま引きつけてて！　――〈大地に焦がれた私は生命の芽吹きに祈りを捧ぐ♪〉」

ココアが歌った、ゲーム『リアズライフオンライン』のテーマソングをもじった歌スキルは、床から植物を生やして〈暗黒騎士〉を拘束した。

「ぐっ、なんだこの魔法は……!!」

〈暗黒騎士〉はどうにか抜け出そうともがいているが、びくともしない。ふふっ、〈歌魔法師《ソングマジシャン》〉おそるべしだね。

「……なんともあっけないものですね」

リロイがため息とともにそう告げると、〈暗黒騎士〉は「ふざけるな!!」と声を荒らげた。どうにかして植物をちぎろうとしているらしいが、無理のようだ。

これならロドニーの拘束もとんとん拍子にいけるかもしれない。私がそんなことを考えていると、ティティアの部屋の扉が開いた。

「「「────っ⁉」」」

騒ぎは部屋の中にも聞こえただろうに、ロドニーが出てくるなんて────そう思ったが、そうではなかった。

扉から出てきたのは、ロドニーではなく〈ルルイエ〉だった。

出てきたルルイエは、以前見たときと同じ姿だ。手首には重たい鎖がつけられていて、目には目隠しをしている。冷たい雰囲気が漂っていて、無意識のうちにぞくりとしたものが体を走った。

「愚かな人間がわたしに敵《かな》うと思っているの……？」

こてりと首を傾げたルルイエの口元は、わずかに微笑んでいる。

「えい」

「きゃあああぁぁっ！」

ルルイエが片手で軽く振り払うような仕草をすると、その風圧が私たちを吹き飛ばした。〈女神の守護〉をかけているおかげでダメージはないけれど、物理的に吹き飛ばされるのはかなりキツいものがある。

……というか、〈常世《とこよ》の修道院〉のラスボス時より強くなってるんじゃない⁉

ボスとしての〈ルルイエ〉であれば、今の私たちなら倒すことができるはずだ。しかし今のルルイエを見ても、倒せるビジョンが浮かばない。

もし下手に攻撃を受けたら……私や後衛職は一撃でも食らえば、戦闘不能になる可能性もある。つまり、この世界での完全な死だ。

……まさかこんなに強くなってるなんて！

まったくもって想定外だと、私は苦虫を噛《か》み潰《つぶ》したような顔になる。

私の冒険は始まったばかりなのに、なぜこうも序盤から強敵が出てくるのか！

――でも、本当にそんなことあるのかな？

いくらなんでも強すぎるのでは？　と、どうしても考えてしまう。もしかしたら、この〈ルルイエ〉を倒すには何かキーになるアイテムやクエストなどがあるのではないだろうか。もしそうだとすれば――女神フローディアだろう。〈ルルイエ〉の対極にいるのがフローディアだからだ。

……天使の提案を断ってクリスタル大聖堂に来たけど、このルートは間違いだった？

ティティアのために、先にクリスタル大聖堂を取り戻そうと思っていたのに……これでは駄目だ。〈暗黒騎士〉とロドニーをどうにかできたとしても、〈ルルイエ〉を倒さなければ何も解決しない。

「……っ、撤退！」

私が叫ぶと、全員がすぐさま頷いた。ココアの使った光魔法で、仲間の騎士たちにもそれはすぐ伝わるはずだ。

悔しさを残しつつも、私たちはクリスタル大聖堂を後にした。

〈ルルイエ〉は、歯向かわない者には特に興味はないのか……あっさりと部屋へ戻っていった。

人間の街と甘いお菓子

〈ルルイエ〉の元から逃げ帰った私たちは、一度態勢を立て直すことにした。でなければ、このままでは絶対に勝てないからだ。

……強すぎる、強すぎるよ〈ルルイエ〉!!

今は命があることをありがたく思って、レベルを上げていくしかないね。

ということで、私たちはスノウティアの宿に戻ってきている。アイテムの補充など、いろいろしなければいけないことも多い。

さて買い物に行こうかなと思っていると、天使が窓から外を見ていた。その両隣には、タルトとティティアがいる。

「あれはなんですか？」

「雪だるまですにゃ」

「雪を丸めて作った置物ですよ」

どうやら天使にとって、人間の街は珍しいものばかりのようだ。目をキラキラさせて、いろいろなものを見ている。

「……せっかくだし、みんなで出かけましょうか？」

「「「――――！」」」

私が提案すると、三人がばっと振り向いた。その顔には『行きたい』と書かれていたので、思わず笑ってしまう。

「私も行きます！」

「もちろん私も行きます」

ココアとミモザも一緒に来てくれるみたいだ。

「なら、女だけで甘いものでも食べに行きましょうか！」

ということで、私たちは美味《おい》しいスイーツのお店へ行くことが決定した。

宿の外に出ると、外套《がいとう》のフードをかぶったティティアが「いいんでしょうか……」と申し訳なさそうにし始めた。〈ルルイエ〉を倒していないのに、こんなにゆっくりしていいのか不安なのだろう。

「大丈夫ですよ。戦いばっかりだと体も脳も疲れて、いい判断ができなくなりますから。今日は買い出しもしますけど、ちょっと休憩しましょう。頑張るのはいいことですが、頑張りすぎはよくないんですよ」

「なるほど……。シャロンは物知りですね」

「いやぁ……？」

物知りというには稚拙すぎるのだけれど、ティティアが尊敬の眼差しで見てくれるのは可愛《かわい》いので、よしとしよう。

タルトと天使は、宿の前にある小さな雪だるまを見て楽しそうにしている。タルトが「こうすると雪ネコですにゃ！」と雪ウサギの猫バージョンを披露している。耳の部分は雪で作って、目の部分にはビー玉を入れているみたいだ。とっても可愛い。

雪ネコに満足したらしい天使が、ふと私とティティアを見て首を傾《かし》げた。

「ティティア……ティーは、なぜフードで顔を隠しているのですか？」

「あ……。わたしを知っている人がいて、見つかってしまうと大変なんです。なので、外に出るときは外套を羽織ってフードも深くかぶっているんです」

ティティアが理由を説明すると、天使は「そうだったんですね」と頷《うなず》く。

「でも、ティーはとても愛らしいのですから……もったいないと思います。服を着替え、髪型を変えて化粧をしてみれば、ティーだと気づかれないのではありませんか？」

「え……」

天使の提案に、確かにそれはありかもしれないと思う。ただ、着替えるとなると……防御力が下がってしまう。ティティアが着ている法衣よりもいいものがあれば、装備を替えてもいいだろうけど……現時点では、ちょっと難しい。ティティアが狙われていなければ、気にせず着替えられたんだけどね……。

「ありがとうございます、天使ちゃん。わたしはこのままで大丈夫ですよ」

ティティアがそう答えると、天使が自分の腰の翼から羽根を一枚抜いてティティアの髪に挿し入れた。ちょうど耳の上で、装飾品のように見える位置だ。すると、ティティアの着ていた法衣が可愛らしい服に変化した。

外套の下の法衣は、白を基調とした天使の服で、ファーのついたケープが胸元のブルーのリボンで結ばれている。厚手のロングスカートは上品な布地で、アクセントにチェック模様が入っている。

「わ……っ！」

「にゃ～！　可愛いですにゃっ!!」

ティティアは驚き、タルトは歓声をあげた。

「これ、天使ちゃんの力なの……!?　すっごい……！」

「わたしの羽根の力です。ただ、ずっと効力が続くわけではないですよ。夜までもてばいいくらいでしょうか」

どうやら一時的にティティアの服を変化させただけのようだ。これなら防御力も変わらないので、危険はない。

「ありがとうございます、天使ちゃん」

ティティアが微笑《ほほえ》んでお礼を告げると、天使は「まだですよ」と言う。そのままティティアの手を引いて、近くにあったベンチに座らせた。

「すぐできますから」

天使はそう言うと、ポンッと大きな化粧箱を何もない空間から取り出した。開けてみると、まるで宝石のような化粧道具が並んでいる。

……うわぁ、可愛い！

最初からとっても可愛い天使だと思っていたけれど、本人もきっと化粧などが好きなのだろう。外見も中身も女子力の塊だ。私は最低限のスキンケア用品と化粧品しか持っていないなんて口が裂けても言えない。

「目を閉じていてくださいね」

「は、はい！」

天使は軽くベースメイクをほどこすと、瞼《まぶた》にアイシャドウをのせていく。キラキラ輝くピンク色の上に、アクセントに水色。そしてこげ茶のアイラインを長めに引くと、一気にティティアの印象が変わる。

「すごいですにゃ……！」

「ティーは可愛いので、お化粧映えしますね」

そして髪型にも手を加えていく。前髪の分け目を左に変えて、ロングヘアは右上と左下で大きなお団子を作った。サイドの髪は三つ編みにしていて、大人っぽさと可愛さが融合しているような仕上がりだ。

「完成です」

「「可愛い！」」

れない。

「可愛いですにゃ！」

私、タルト、ココア、ミモザ、全員でティティアの可愛さを絶賛する。服、髪型、化粧で普段のティティアの雰囲気はほとんど消えて、仲が良くなければティティアだと気づくのは難しいかもしれない。

ティティアに手鏡を渡すと、自分の顔を見てとても驚いている。

「これがわたしですか？　すごいです。驚きました。これなら、堂々と外を歩いても問題なさそうです。ありがとうございます、天使ちゃん」

「どういたしまして。わたしもティーが可愛くて、とっても嬉《うれ》しいです」

天使はにこりと微笑んで、「行きましょうか」と歩き出した。

私たちにとってはすっかり見慣れた街だけれど、天使にとっては新しいものだらけのようだ。店のショーウィンドウを覗《のぞ》きながら楽しそうに歩く姿は、ただの女の子にしか見えない。

しかしここで予想外の問題が起きた。

「うわ、あの二人すごく可愛い」

「腰から翼が生えてる。天使？」

「どちらにせよ、美少女コンビだ……」

という街の人の声が聞こえてきた。

天使によってヘアメイクされたティティアと、もともと綺《き》麗《れい》で可愛くしている天使の二人が並んで、めちゃくちゃ目立っているみたいだ。

「シャロン、あの二人がすっごく目立ってるよ！」

「うん、私もちょうど同じことを思ってた……!!」

外見だけで目立つのはまあいいとしても、天使は腰の翼が「本物？」「偽物だろ？」とかなりの注目を浴びている。本当に天使だと思う人はそういないだろうけれど、騒ぎになって人が集まってくるのは困る。

私は急いで天使に声をかけた。

「天使ちゃん！　すごく目立ってるんだけど、どうにかできないですか!?」

外套を羽織るのは本末転倒だが、このままでいるよりはいい。申し訳ないけれど、また外套とフードをお願いしようとしたら、天使は周囲を見回して「そういうことですか」と頷いた。

「ティーは身分がばれたらいけませんものね。わたしは翼を消すこともできるので、消して……認識阻害をかけておきます」

「え、そんなことできるんですか？」

「はい。といっても、簡単なものですよ。わたしたち個人を知っている人には効きませんし、顔を合わせづらくなったり、見たとしても意図を持って見ようと思わなければ顔がぼやけるようになるだけなんです」

「なるほど」

天使は簡単と言うけれど、認識阻害なんてそう簡単にできるものではない。私は大助かりだし、これがあればティティアとリロイも外に出かけやすくなる。

「ありがとうございます、天使ちゃん。周りを気にせず街を歩けるのは、すごく嬉しいです」

「ティーに喜んでもらえてよかったです」

翼が消えたらしい天使とティティアは、私にはいつも通りに見えるのだけれど……気づけば街の人の声がなくなっていた。

……すごい、本当に認識されてないんだ。

「さあ、お店を見ましょう」

「はいっ！」

天使はティティアを伴って、楽しそうに街歩きを再開した。


「宝石の装飾品、とっても可愛いですね。自然のものを加工する技術というのは、人間ならではですね」

天使は自然物に美しさを感じているみたいだ。

「気になるなら、入ってみましょうにゃ！　天使ちゃんは可愛いから、どれでも似合いますにゃ」

「ありがとうございます」

タルトが率先して店内に入っていったので、全員でそれに続く。

やってきたのは、宝石を使った装飾品をメインに扱っているお店だ。ルビー、エメラルド、サファイア……どれも質がよく、大粒のものが揃《そろ》っている。

……日本だったらこんな宝石、そうそうお目にかかれないよ……！

これもゲーム世界ならではだなと思う。ミモザがじっと宝石を見つめて、ティティアに声をかけた。

「ティーの本日の装いなら、透明度の高いアクアマリンも似合いますね」

「薄水色ですね。とても可愛いです。ミモザには、トパーズはどうでしょう？　オレンジ色がとっても可愛いです」

気づけばみんな宝石に夢中になっている。やっぱり女子というだけあって、普段はあんまり興味がなくても心惹《ひ》かれるものがあったりするよね。ココアも宝石をじっと見て、目をキラキラさせている。

私はココアの横へ行き、「買ったら？」と言ってみた。頑張ってる自分へのご褒美は、正直毎日あってもいいと思う。みんな毎日超頑張ってるから！

「えぇぇっ、私に宝石なんて……似合わないよ」

「そんなことないよ」

ココアが手をぶんぶん振って否定するので、私はそれを全力で否定する。

「何言ってるの！　装備だって会ったときから一新して、今や立派な高レベル冒険者！　そして小柄で可愛らしい！　気遣いもできちゃう！　これほどパーフェクトな女の子なんて、そうそういないよ？」

というかもう、そこら辺の冒険者から見たら、ココアは高嶺《たかね》の花じゃない？

「もう、シャロンってば。確かにレベルも上がって、装備も良くなったけど……装飾品は尻込みしちゃうよ。もともと、うちはそんなに裕福な家でもないし」

そう言ったココアは、「装備やアイテムならまた別だけどね」と笑う。なんというか、私と同じ匂いを感じてしまい、ココアの将来がちょっとだけ心配になった。


結局ウィンドウショッピングで終わり、私たちは喫茶店へやってきた。

「いらっしゃいませ。本日のティータイムは、プリンと季節の紅茶です」

「じゃあ、それを六人分お願いします」

「かしこまりました」

さくっと店員に注文を終え、私はぐぐーっと伸びをする。ウィンドウショッピングは楽しいけど、ずっと歩きながら見ているのは疲れるね。

「天使ちゃん、買い物はどうでした？」

「可愛いものが多くて、とっても楽しかったです。わたしはフローディア様のところへの道案内をするだけだと思っていたんですが、こんな体験ができて幸せです」

「楽しんでいただけてよかったです」

天使の返事を聞いていると、注文したプリンが運ばれてきた。天使はそれが自分の前に置かれると、不思議そうに見ている。タルトが天使に、「スプーンで食べるお菓子ですにゃ」と説明をしてくれている。

タルトの説明を聞いた天使は、スプーンでプリンをすくって口に含んだ。

「……！　んんっ、とろとろで、卵が濃厚です……！」

天使の表情は、美味しさで天に召されてしまいそうなほどだ。プリンでこれだけ感激してくれるなら、美味しいものをいっぱい食べさせたくなっちゃうね。

「紅茶もとっても美味しいです。ティータイム、好きです」

「気に入っていただけて嬉しいです」

ティティアが「たくさん食べてくださいね」と、天使におかわりできることも教えてあげている。

ここ最近はずっと戦いの連続で、ゆっくりできる時間といえば、宿で温泉に入ってるときくらいだったかもしれない。

……みんなを振り回しすぎちゃってるよね。反省だ。

「これからどうしたらいいんだろう」

〈ルルイエ〉に敵《かな》わなかったのだから、まあ、レベル上げをするしかないわけだが。今度はダンジョン〈秘密の地下工場〉に行ってみるとか？　それとも、〈絶望の滝つぼ〉フィールド？

私がうんうん悩んでいると、いつの間にやらプリンを食べ終えた天使が「でしたら……」と口を開いた。

「フローディア様の元に行かれてはいかがですか？」

「「「――――！」」」

天使の提案に、全員が息を呑《の》む。

「……確かに、〈ルルイエ〉ルートで詰まったので、そっちに行くのはありかもしれませんね」

「はい！　早くフローディア様の元へいらしてください」

私が肯定的な言葉を口にすると、天使はにこにこ笑顔になる。私をフローディアのところへ連れていくのが天使の仕事なので、早く行けるに越したことはないのだろう。

腹をくくって行くしかない、か。

「ありったけのアイテムや食べ物を買って帰ろうか。何があってもいいように、備えなきゃ」

「はいですにゃ！」

「そうしましょう！」

私がそう言うと、タルトとティティアがすぐに賛成してくれた。ココアとミモザも緊張こそしているけれど、反対ではないみたいでほっと一安心。

というわけで、頑張るためにみんなでプリンをおかわりして、買い物をして宿へと戻った――。


「――ああっ、ティティア様！　なんと素敵な装いでしょう!!」

案の定というかなんというか、宿に戻るとリロイがティティアの姿に反応した。目をキラキラさせ、手を組んで祈りまで捧《ささ》げている。

「大袈裟《おおげさ》ですよ、リロイ。ですが、天使ちゃんがしてくれたので、褒めてもらえるのはとても嬉しいです」

「どうりで神々しいはずです」

感激しているリロイを見ながら、私はリロイがプレイヤーだったらゲーム動画を撮り続けてるんだろうなぁ……と、そんなことを考えてしまった。

〈眠りの火山〉

ピイイィイーという高い音が空に響くと、赤い翼を羽ばたかせ、ドラゴンが舞い降りてきた。

さすがに八匹のドラゴンが一気に降り立つと、地面が揺れるね。

「それじゃあ、火山の上空を通りつつ向かおうか」

「はいですにゃ！」

私の合図と共に、ドラゴンが一斉に飛び立った。一気に上空に上がるというのはなんだか不思議な気分で、ぞくっとする快感が体を駆け巡っていく。

……なんというか、癖になるね。


私たちは今、〈眠りの火山〉にやってきた。その上空をドラゴンで飛び、その先にある〈フローディアの墓標〉というダンジョンに向かっている。

というのも、そこが天使の案内する場所なのだという。

……というか、墓標って何!?

女神フローディア本人に会えるのでは!?　と思っていたのだが、目的地がまさかの墓標である。

しかもダンジョンだ。さらに言えば、このダンジョンは私の知らない――私が死んだ日に実装されるはずだったダンジョンなのだ。

めちゃくちゃ行きたい！　行きたいがすぎる‼　だがしかし‼　実装されたばかりのダンジョンなんて、地獄以外の何ものでもない。控えめに言っても、私たちのパーティでは荷が重すぎるのではないだろうか……？　通常、新ダンジョンというのは死にながら進んでいく場所だ。誰かが死んでは蘇生し、ときにはパーティが全滅し振り出しに戻る……なんていうこともよくあった。そう考えると、背筋がゾッと冷える。

……っでも！　行きたいよ～～～～‼

私がそんなことを考え、ドラゴンの上でごろごろ転げまわりたくなっていると、「人が倒れてるぞ！」とケントが声をあげた。

「え、こんな熱い山の中に⁉」

焦りつつ地面を見回すと、白衣の人間が倒れていた。白衣ですぐにマルイルだとピンときた。私が〈ヒーラー〉になるとき回復魔法をかけたクエスト対象者で、研究者をしている。研究のため、この火山に来たという設定だったはずだけど……まさか行き倒れているとは思わなかった。

……ロドニーの関係者もこの火山に入っていったから、そいつらかと思ったが違ったみたいだ。

私はみんなに「いったん降りよう！」と声をかけた。

「いやあ、助かりました。このまま意識が飛んだままになると思いましたよ……」

むわっとした気候だったため、どうやらマルイルは熱中症になっていたみたいだ。回復魔法をかけ、水と塩分の強い食べ物をあげて、体を冷やすとすぐに元気になった。

「無事でよかったです。この火山は、歩くには気候が大変ですからね」

「ええ、本当に。ちょっと調査に夢中になっただけなんですけど、気づいたら今です」

「ちゃんとこまめに水分をとって、休憩してくださいね……」

気になるものがあって夢中で調べていたら倒れていたらしい。マルイルのことはあまり知らなかったけれど、一人にしてはいけない人物だ。放っておくとすぐに死にそう。

マルイルが落ち着いたのを見計らって、私は気になっていたことを聞いてみる。

「……ここら辺で、〈聖堂騎士〉を見ませんでしたか？」

「〈聖堂騎士〉？　……ああ、そういえば下っていくのを見ましたね。どうやらこの火山を越えた先の村に行くみたいでしたよ。同じ火山にいる者同士、話が聞きたかったんですけど……追いつけませんでした」

マルイルは苦笑しつつ、「騎士様の体力はすごいですよねぇ」と言う。

「僕も研究のために体力をつけないといけませんね」

「まあ、あるに越したことはないでしょうけど……」

私は苦笑しつつ、マルイルがここで倒れていたことの意味を考える。もしかしたら、クエストの重要人物なのでは？　と思ったからだ。

マルイルは、〈聖堂騎士〉たちが火山の向こうにある村に行くと言った。しかし、今までそんな村なんてなかったのだ。つまり、新パッチでできた新しい村ということだ。

……その村って、誰でも簡単に入れるのかな？

「マルイルさんも、その村に行くんですか」

「その予定ですよ。この火山も気になってはいたんですけど、向こうの村にも気になることがたくさんありまして。あの村――〈最果ての村エデン〉は、かつて女神フローディアが暮らしていたとされる村なんです」

「「「――!!」」」

マルイルの言葉に、私たち全員が驚いた。

「そんな話は、初めて聞きました」

「私もです」

ティティアとリロイも知らなかったようで、額に汗が浮かんでいる。〈教皇〉すらも知らない、隠された村ということ？

だけど、ロドニーはその存在を知っていた。でなければ、息子のオーウェンたちを派遣することだってできないはずだ。

「これはなかなかきな臭そうな感じだね……」

私がぽつりと呟《つぶや》くと、マルイルが苦笑した。

「どちらかといえば、閉鎖的な村ですからね。そうそう情報が出たりはしません。僕も偶然知っただけなので……」

よくよく聞くと、その村は〈エレンツィ神聖国〉ができる前からあったのだという。ティティア

が認知していないのも、そのせいだろう。この火山の中に抜け道があり、そこからしか行けないらしい。

「え、じゃあ私たちはマルイルさんに会えてラッキーでした」

そういった道が用意されているのならば、空からは行けないか、もしくは難易度が高いルートになっている可能性が高い。

「とはいっても、僕もそんなに詳しくはないんですよ。行くのも初めてですし……。モンスターも出るので、辿《たど》り着けるかどうかもわかりません」

「なるほど……」

「それなら、マルイルさんも一緒に行動するのはどうですにゃ？　わたしたちは道を教えてもらえて、マルイルさんはモンスターの危険を回避できますにゃ」

私が考え込んでいると、タルトが「どうですにゃ？」と提案してくれた。

「それが最善……かな？　みんなはどう？」

「構いませんよ」

私がみんなを見回すと、ケントたちは頷《うなず》き、リロイが問題ない旨を告げた。ということで、私たちのパーティにマルイルが加わった！

「大変ですにゃ！　目を離した隙《すき》にマルイルさんがいなくなってますにゃ！」

「またか!?」

タルトが悲鳴のような声をあげ、それにケントが反応する。

マルイルと出会い行動を共にし始めたのはよかったのだが——すぐにいなくなるのだ。その理由は、珍しい植物や鉱物を発見したから、というものだ。ふらりと気配なく消えるので、気づいたらいないという面倒な現象が何度も起きている。

「捜せ〜！　近くにいるはずだ！」

ケントが慌てて捜しに走る。ここに生息するモンスターはそんなに多くはないけれど、火系統で強いため、遭遇するとなかなかに厄介なのだ。

そんな風に私たちがバタバタしていると、天使が私の隣にやってきた。

「人間って、不思議な生き物ですねぇ」

「いえ、マルイルさんが特殊なんです」

一緒にしないでいただきたい。

「……というか、天使ちゃん。道はこっちで合ってるんですか？　もう少しこう、道案内的なことをしてもらえると嬉《うれ》しいんですけど……」

実は、天使は「あっちです」と方角を指さすだけで、転移魔法的なもので直接連れていってくれたり、詳細な道案内をしてくれたりはしないのだ……！　きちんと案内してくれていたら、たぶんもう目的地に着いていたと思う。

とはいえ、マルイルを放置するのもよろしくないので、やはりこれが正規ルートなのかもしれない。

「あ、こっちにいましたよ！　鉱石を見つけたみたいです！」

ミモザが手を上げて、マルイルの発見を知らせてくれた。無事に見つかってよかった。私たちは胸を撫《な》でおろして、今度こそはぐれないようにマルイルを真ん中に隊列を組んで再び歩き出した。

「〈聖なる裁き〉！」

ミモザが〈子サラマンダー〉にとどめを刺し、ふうと一息ついた。そしてすぐ横を見て、顔を青くする。

「本当にこんなところに道が……？　一寸先はマグマじゃないですか……」

そう、ミモザが言った通り近くにマグマがあった。

私たちはマルイルの案内で山の内部に入って、〈最果ての村エデン〉を目指している。しかしこの火山、中に入ったらマグマが川のように流れていたのだ。ちょっとでも足を滑らせたら、終わりだろう。

「ええ。ですから、気をつけてください。どんなにすごいポーションを持っていたとしても、落ちた瞬間に死んだら助かりません」

「………そうですね」

マルイルは落ちなければいい、というスタンスのようだ。ミモザは息を呑《の》みつつも、それに同意して頷いた。

太陽の光の代わりにマグマの熱で汗だくになりながら歩いていると、わずかに風を感じた。

「あ、見えてきました。あの岩の隙間を少し歩くと、外に出られるみたいですよ」

「隙間というか、亀裂に近いね」

私だったら普通に通れるけれど、ケントやブリッツはどうだろう？　マルイルとリロイはやせ型だから問題ないだろうけど……。

ケントは亀裂を睨《にら》みつけて、「通れるかぁ？」と眉を寄せている。

「うーん……。結構狭いよね。防具を取ったらどうだろう？」

「確かにそうするしかなさそうだな」

一応、防具のまま隙間チャレンジをしたケントだが、すぐにつっかえてしまいあきらめたようだ。装備を脱いで、〈鞄《かばん》〉に収納した。

「うし、俺が先頭で進むぞ」

「自分が一番後ろにつきましょう」

「サンキュ！　頼んだ、ブリッツ！」

ケントとブリッツがさくっと決めてくれたので、私たちはティティアとマルイルが真ん中くらいになるように一列になって、亀裂の中を進んでいった。

途中でケントが何度かつっかえそうになったけれど、少し進むと道が開けたので余裕で進むことができるようになった。

「あ……風の音が大きくなってきたね」

どうやら出口まであと少しみたいだ。そう思っていると、すぐに外の光が見えた。ケントが「出口だ！」と叫び外の様子をうかがい見て――はっと息を呑んだ。

「……っ、すげぇ！」

「ケント？　どうし――うわあぁっ、めっちゃすごい景色!!」

こんな景色を見せられて、息を呑まない人間なんていないと思う。

隙間から出てみると、そこはちょうど火山の中腹だった。突然開けた広い空が私の視界を大きくし、風を切って飛ぶ鳥の羽ばたく音が耳に届く。見下ろすと雲がかかっていて、テレビや写真でしか見たことのない雲海が広がっていた。森の上に雲がかかり、その先に小さな村が見える。きっとあれがエデンだろう。

「はー。空を飛んだときもそうだったけど、景色ってすごいな。しかもこの景色は冒険しないと見れないんだから、冒険者って最高だ。な、シャロン！」

「うん！　冒険者って、本当に最高……！」

きっと私の天職だと思う。

私たちが感慨にふけっていると、後ろから「ひょえぇ」とか細い声が聞こえてきた。マルイルだ。

「すっごく高いですね……。この岩山を下っていくんですか……？」

「……確かに結構な高さというか、崖っぽいですね」

登ってきた山道は緩やかだったけれど、反対側の斜面はかなり急になっていて崖に近い。命綱もなく足を踏み外したら、一気に地上まで転がっていってしまいそうだ。

「大丈夫ですよ」

「え？」

私は驚くマルイルを横目に、〈ドラゴンの笛〉を思いきり吹く。タルトたちも同じように吹くと、七匹のドラゴンが飛んできた。ケントだけは、相棒のソラを召喚して飛び乗っている。

「え、え、え、えええええええ!?　ドラゴン!?　どういうことですか!?　倒す？　いや、というか乗っている!?」

マルイルは大混乱だ。

「はは、俺たちのドラゴンだから危険はないですよ。マルイルさんは、俺と一緒に乗ってください」

「え？　は、はい。そうか、全員〈竜騎士〉——いや、スキルが違いましたが……？」

納得しかけたマルイルだったが、逆に謎が深まったのかぶつぶつ考察を始めてしまった。ケントはやれやれと肩をすくめ、マルイルの腕を引っ張って強引にソラの背に乗せた。

ドラゴンの背中から見下ろす景色も最高だ。

「んじゃ、出発だ！　あの村に行けばいいんだよな？　天使ちゃん」

「はい」

天使は道案内をするかのように、自分の翼でケントの横を飛んでいる。

こうして、私たちは〈最果ての村エデン〉へとやってきた。

「お前たちは何者だ‼」

村のすぐ近くでドラゴンから降りた結果——侵略者と勘違いされたらしく、槍《やり》を構えた村人たちに囲まれてしまったでござる。

それに慌てて反論したのはケントだ。

「ちが！　俺たちは冒険者で、村に危害を加えに来たわけじゃねぇ！」

「そそそ、そうです！　僕は研究者で、村のことを知りたいと思って来ただけです……‼」

「俺たちの村のことを知ってどうするつもりだ！　怪しいじゃねぇか！」

「「「マルイルさん‼」」」

マルイルのせいで一層怪しまれてしまった‼

「怪しい者ではないですにゃ！」

「その耳と尻尾、怪しさしかないじゃないか‼」

「にゃ⁉」

どうやらエデンにはケットシーがいないようで、タルトを見る目には恐怖の色のようなものが浮かんでいる。得体の知れない化け物だと思っているのかもしれない。

こんなに可愛《かわい》いケットシーなのに‼

……でも、このまま平行線なのは困る。かといって、強硬手段に出るわけにもいかない。村の人たちに危害を加えても、いいことなんて一つもないからね。

私がさてどうしようと頭を悩ませていると、天使が一歩前に出た。

「争いはいけませんよ」

「「「――――!?」」」

村人たちは天使の姿を見て、目を大きく見開いた。そして次の瞬間には、全員が天使に向かって跪《ひざまず》いていた。

えっ、どういうこと!?

「も、もしや女神フローディア様ですか!?」

「その美しい純白の翼は、女神の証《あかし》では……」

「ずっとお待ちしておりました」

ああ、そうか。この村は特に女神フローディア信仰が強いのだろう。女神フローディアだと言われても納得できる神々しさを持つ天使は、彼らにとって女神と同等のはずだ。

そんな村人たちを見て、天使は慈愛の微笑《ほほえ》みを浮かべる。

「わたしはフローディア様ではありません。フローディア様に仕える天使です」

「天使様でしたか……!」

「はい。この者たちと村に滞在し、小島に行きたいのです。滞在の許可と、船をお願いすることはできますか？」

「「「もちろんです!!」」」

天使のおかげで、なんともとんとん拍子に話が進んでしまった。いてよかった天使の味方、だね。

「天使ちゃんの目的地には船で行くんですね」

「はい。空は霧がかかっているので、ドラゴンで飛んでいくのは危険なんです」

「なるほど」

天使が危険と言うほどなので、空から行くのはやめた方がよさそうだ。私は頷いて、明日以降に船の手配をお願いすることにした。


無事に入ることができた〈最果ての村エデン〉は、まるで遺跡のような村だった。

もともとは白かったであろう遺跡に似た居住区は長く風にさらされたりして、黄土色がかった色合いになっている。壁面には女神フローディアと天使の彫刻がほどこされており、この村で天使がすんなり受け入れられた理由が納得できた。

私たちに槍を向けてきた男の一人が村長だったようで、「ぜひ我が家に！」と申し出てくれた。

「天使様がいらっしゃったのですから、ぜひ歓迎の宴《うたげ》を開かせてください。村のみながとても喜びます」

「ありがとうございます。……ですが、フローディア様を差し置いてわたしだけそのような扱いを受けるわけにはいきません。あなたたちの気持ちだけ受け取らせてくださいね」

「なんと謙虚な……」

村長は慈愛に満ちた天使の顔を見て、感動の涙まで流している。

ほかの村人たちに見られながら、私たちは村長の家にやってきた。村の一番奥の、海に近い場所だ。すぐ横には桟橋があって、船が停《と》めてある。

「天使様のお部屋と……すみませんが、残りは男性と女性で分かれていただいても構いませんか？」

「構いませんよ」

代表してリロイが答えると、村長はほっと胸を撫でおろした。


ひとまず女子部屋に集合すると、天使が私に割り振られたベッドに座った。

「ふあぁぁ、ちょっと疲れました」

天使はふーと息を吐きつつも、「けれど、やっとここまで来られました」と笑顔を見せる。フローディアのいる場所まであと少しなのだろう。

「島に行くのは明日なので、今日はゆっくり休んでくださいね」

「ありがとう、ティティア」

天使といえど、日中にずっと行動してたらさすがに疲れるんだね。ティティアが気遣い、タルトがお茶の用意をしてくれている。

しかし私は、行く前に天使に聞いておかなければならないことがある。

「天使ちゃん、明日行く場所のこと……詳しく教えてほしいんですが」

「……。わたしたちが行くのは、フローディア様が眠る場所です。わたしから伝えられるのは、それだけです」

天使はふるふると首を振って、何も言えないのだと告げた。

天使ちゃん

翌朝、私たちは天使の言う小島へ出発する――前に村の中を少しだけ見て回っているのだけれど、天使が大人気だった。

「女神フローディア様の天使様！　どうぞお納めください」

「どうぞフローディア様とお召し上がりください！」

「まあ、ありがとうございます」

すれ違う村人たちが天使に跪《ひざまず》き、貢ぎ物をしてくるのだ。ちょっとでもお店の商品を見ようものなら、「どうぞ！」と食い気味でやってこられる。

ブリッツとミモザはどうしたらいいか判断しかねているようで、困惑顔だ。ティティアも自分のことであれば断るのであろうが、さすがに天使のことにまで口出しはできないだろう。

……私は気にしないことにした！

「何かいいアイテムがあれば、買っておきたいね」

「素材もあると嬉《うれ》しいですにゃ〜！」

タルトの言葉に思いっきり頷《うなず》いて同意する。新しい村、エリア、ダンジョンなのだから、新アイテムがあるに違いない！　と、私は思っている。

少し歩いていると、甘くいい匂いが漂ってきた。

「なんだろう。フルーツ？」

「行ってみようぜ！」

甘い匂いに食いついたケントが一目散に向かう。発信源は果物の屋台で、一口サイズにしたカットフルーツと炭酸水をカップに入れて販売している。林檎《りんご》、パイナップル、梨、桃、サクランボなどが使われていてとても美味《おい》しそうだ。

「いらっしゃい！　この村の名物――ててて天使様！　どうぞお召し上がりください。この〈カットフルーツソーダ〉は、食後三〇分間マナの総量を一・五倍にします！」

「まあ、ありがとうございます」

「「「一・五倍!?」」」

平然とお礼を告げて受け取る天使と違い、私たち人間はめちゃくちゃ驚いてしまった。マナの総量が一・五倍になるだけで、だいぶ戦闘が楽になるからね……！

これはいくつか購入して、〈鞄《かばん》〉に入れておく必要がありそうだ。

「私にもください！」

「俺も！」

「私も！」

「わたしもほしいですにゃ！」

私だけではなく、ケントやココア――というか全員が〈カットフルーツソーダ〉を欲しがった。

「お、おお、ありがとうございます！」

店員は食い気味の私たちに驚きつつも、一人三杯ずつ用意してくれた。それ以上は果物の在庫がないみたいだ。

「また来るので、そのときもよろしくお願いしますね！」

「ああ、待ってるよ」

私たちは〈カットフルーツソーダ〉を購入して、エデンから船に乗って小島へと向かった。ちなみに素材に関しては、特にめぼしいものは売っていなかった。

……絶対何かあると思ったんだけどなぁ。


エデンから船に乗って辿《たど》り着いた場所は、ダンジョン〈フローディアの墓標〉だ。

「……ダンジョンだからどんなところか警戒してたけど、小島があるだけ……？」

島は学校のグラウンドくらいの広さで、特にモンスターも見当たらない。もしかしたら、先に進む通路がある？　それか地下かもしれない。そう考えていたら、天使が大きく翼を羽ばたかせ、島の中央へと飛んでいく。

「ちょ、天使ちゃん!?」

「勝手に行動すんなって！」

私たちが慌てて天使を追いかけると、そこには墓標があった。墓標の中心には、高さ三メートルほどの女神フローディアの像。あまり手入れがされていないのか寂《さ》びれていて、周囲には草がはびこっている。

……こんな状態じゃ、女神フローディアも可哀想《かわいそう》だね。

「ああっ、やっとここまで来ることができました！」

天使が瞳をうるませながら声をあげた。女神フローディアの使命を達成できたことが嬉しいのだろう。ティティアも天使を見て、ほっとしている様子だ。

「これで、女神フローディアのお力を借りれるんですにゃ？」

「道中もレベル上げできたし、〈ルルイエ〉にも勝てそうだな！」

タルトとケントが嬉しそうに話しているけれど、私はどうにも嫌な予感がしてたまらなかった。

……ダンジョンの名前が不穏だから？

もしここがフローディアの眠る聖地とか、そういった名前だったらもう少しポジティブに受け取ることもできたかもしれない。この場所の空気がよどんでいて、辺りが暗いというのも理由の一つになるだろう。

私が考え込んでいると、ティティアが一歩前へ出た。

「ここがフローディア様の……。天使ちゃん、この後はどうすればいいのですか？」

「とても簡単なことです」

天使はティティアの問いににっこり微笑《ほほえ》んで、私を見る。

「フローディア様はここに封印されているのです。〈聖女〉が贄《にえ》になることで、その封印が解けるのですよ。シャロン、あなたはとても栄誉ある役目を授かったのです」

「「「――っ⁉」」」

そして私の前に現れる、クエストウィンドウ。

【ユニーク職業《ジョブ》〈聖女〉への転職】
女神フローディアにその身を捧《ささ》げ、封印を解きなさい。
尊い役目を終えたあなたは、〈聖女〉として未来永劫《えいごう》祀《まつ》られることでしょう。

無慈悲な天使の言葉に、全員が愕然《がくぜん》とする。

生贄《いけにえ》――つまり私に死んでくれと言っているのだろう。

「どういうことですにゃ⁉　生贄って、命を犠牲にすることじゃないですにゃ⁉　女神フローディアに仕える天使ちゃんが、そんなことを言うなんて信じられないですにゃ‼」

何か解釈に齟齬《そご》があるのでは⁉　とタルトが詳細を求めて声をあげる。ほかのみんなもそれに賛同し、「生贄は無理だ！」「理由は⁉」と叫ぶ。

私もそんなのはお断り――と、そう言おうとした瞬間、天使の手には槍《やり》が握られていた。形状は薙刀《なぎなた》に似ていて、刃先の色が白から青のグラデーションになっている。神秘的な雰囲気だが、今は恐怖でしかない。

「天使ちゃん⁉　どうして……！」

ティティアが口元を押さえて、声をあげた。そして一歩下がり、天使が本性を現したということ

を肌で感じる。

……これ、結構やばいんじゃない？

しかし天使はティティアの問いかけにクスクス笑うだけだ。

「お話が通じないようですね……。どうぞ、フローディア様を解放するための贄になってください
ね」

そう言って、天使が地面を蹴り上げ槍を振った。私は即座に〈女神の守護〉を使う。天使の槍を
はじくことができ、後ろに跳ぶ。それと入れ替わるように、ケントが「〈挑発〉！」と叫びながら
走ってくる。

――気を抜いたら一瞬でやられそう！

まさかここにきて、味方だと思っていた人物の裏切りにあうとは。

「くっそ、一撃が重い……！」

「ケント！　自分も一緒に前衛を務めます!!　〈聖なる盾〉!!」

「ブリッツ！　助かる!!」

天使の攻撃力は、どれくらい!?　ケントとブリッツが一撃でやられるとは思えないけど、どんな
攻撃が来るかわからない。未知数すぎる。

失敗が許されないクエストなんて、難易度が高すぎる！

「〈女神の使徒〉！　〈マナレーション〉――ッ、〈ハイヒール〉!!」

支援をかけていると、天使の槍の連撃がケントの肩をえぐった。羽根のように軽い攻撃を繰り出

してくるのに、その一撃はドラゴンの一撃よりも重い。

「無駄な抵抗はやめて、早く贄になってほしいのですが……」

「そんなことして、女神が喜ぶと思ってんのか!?」

天使の言葉に、ケントが怒鳴り返す。けれど天使はきょとんとして、「当然ではありませんか」と口元に弧を描く。

「この世界には、フローディア様が必要なのです。シャロン一人の命でフローディア様が顕現されるのですから、喜ぶべきではありませんか？」

理解ができないとばかりに、天使はため息をついた。

「な……っ」

「そんなことはありません!!」

ケントが驚き絶句すると、後ろからティティアの悲痛な叫び声が響いた。その瞳は揺れていて、今まで思い描いていたものと現実との違いに苦しんでいるのがわかる。

「わたしは、この世界を平和にしたいと今まで〈教皇〉をしてきました！　それは決して、誰かの犠牲の上に成り立つものではありません。そんなものを、わたしは平和だとは認めません……！」

「ティー……」

「……フローディア様を否定するというのでしょうか？　たかが、〈教皇〉風情が？」

天使の瞳に怒りの色が浮かび、槍を横に振ると草がわずかに薙《な》がれた。そしてその一瞬後にくる、重すぎる空気の圧――！

「きゃあぁあっ！」

「ティティア様!!」

ティティアの体が軽々と後ろに吹っ飛び、それを間一髪でリロイが受け止めた。が、その程度で天使の攻撃を防げるわけがなく、リロイごと後ろに吹き飛んだ。

「〈エリアヒール〉〈女神の守護〉！　天使ちゃん、いい加減にしてよ！」

「どうしてですか？　〈聖女〉になれるのですよ。名誉あることではありませんか。さあ、〈聖女〉になりたいと言いなさ――」


「わたくしが〈聖女〉になるわ！」


――っ!?

私が息を呑《の》んだ瞬間、右方面から声が響いた。この島には私たちしかいなかったはずなのに、いったい誰が。天使との戦闘で、第三者の介入に気づくのが遅れてしまった。

そこにいたのは、エミリアと、〈聖堂騎士〉たちだ。それからもう一人、法衣を着た金髪の若い男が立っている。

……〈眠りの火山〉で見かけなかったから、もしかしたら全滅したのかもと思っていたけれど、そんなことはなかったようだ。

金髪の司祭は、きっとロドニーの息子のオーウェン・ハーバスだろう。

天使は突然現れたエミリアたちにも動じず、こてりと首を傾《かし》げた。

「あなたが〈聖女〉に……？」

「ええ。〈聖女〉に相応《ふさわ》しいのは、シャーロット様ではなく、わたくしよ！」

ちょおおおぉぉ！

自信満々のエミリアに、私はもうなんと突っ込んでいいかわからない。ケントたちの顔にも意味がわからないと書かれていて、戦闘も一時ストップしてしまった。

「誰が〈聖女〉になっても構わないですよ」

「わたくしが相応しいに決まっています！」

天使の言葉に、エミリアはふふんと胸を張ってみせた。

……たぶんエミリアは〈聖女〉になれるというところの話だけ聞いていて、その役目がフローディアを復活させるための生贄だとは知らないのだろう。

どうしたものかと私が考えを巡らせていると、オーウェンがこちらにやってきた。

「――！　オーウェン、こんなところまで来たのですね」

「それはこちらの台詞《せりふ》です、ティティア様。……もうとっくに、父に殺されたとばかり思っていました」

「……そう簡単に殺されはしません」

ティティアは苦笑してそう告げると、手にしていた杖《つえ》をオーウェンの喉元へ向ける。ティティアの横には、守るようにリロイがついている。

「どういうつもりですか？　オーウェン。わたしは〈教皇〉として、あなたたちを許すことはできません」

「すべては父の計画です」

オーウェンはひるむことなくそう言って、エミリアと天使に目を向けた。それにつられるように、ティティアもエミリアを見る。

「……彼女は何者ですか？」

「ファーブルムの貴族です。王太子の婚約者を名乗っていますが、正式に許可はされていないみたいですね。自分は〈聖女〉になるのだと言っていたので連れてきたのですが……本当に〈聖女〉になんてなれるのでしょうか？」

とりあえず使い道がありそうだから連れてきた、というところだろうか。

イグナシア殿下の恋人のエミリアは、〈癒《いや》し手〉だ。しかしレベルは低く、使えるスキルも〈ヒール〉こそあるがそういいものではなかった気がする。

というか、〈聖女〉になるイコール生贄になることなんだけど、私は止めた方がいいの？　それともこのまま傍観した方がいいの？　わからなくなる。

……とはいえ、誰かが生贄として死ぬのを見過ごすわけにはいかないか。

私はエミリアの元まで走り、その手を掴《つか》んだ。

「〈聖女〉になるということは、生贄になるということです！　エミリア様、早くここを離れてください！　殺されます！」

「なっ、そんな嘘《うそ》でわたくしを騙《だま》す気ですか!? 〈聖女〉になりたいからといって、あさましい真似を！　そもそも、シャーロット様に〈聖女〉の資格があるとは思えません。だって、シャーロット様は〈闇の魔法師《ダークメイジ》〉ではないですか。〈癒し手〉のわたくしと違って、これっぽっちも資格がないではないですか！」

部外者は下がっていろと言わんばかりのエミリアに、私は思わずイラッとする。人がせっかく助けてあげようとしてるのにいいいいぃぃぃぃ！

って、こんなことでイライラしては駄目だ。私は深呼吸をして、気持ちを落ち着かせる。

「とりあえず逃げましょ――」

「では、エミリア。〈聖女〉候補である証《あかし》を見せてください」

「あ、あかし!?」

私たちの会話に割って入った天使が、にこりと微笑んだ。

証って……〈聖女〉クエストが始まったアイテムのことだよね？　あれはダンジョンの宝箱から手に入れたもので、エミリアが持っているとは思えない。エミリアもやっぱり持っていないようで、戸惑っている。

そんなエミリアに、天使は無情にも「早く」と急《せ》かす。

「ええと、証はどこで手に入るのですか？」

「……どうやら〈聖女〉候補どころの話ではないようですね。残念です。もう不要ですので、死んで構いませんよ。〈聖女〉ではなくとも、多少はフローディア様のお力になることができるでしょう」

「へ……？」

瞬間、天使の持つ槍の先端から光線が伸びて――エミリアの腹を貫いた。それは時間が止まったような、視線で追うこともできないほどの、一瞬の間のできごとだった。

だから私は、考えるよりも先に体が動いていた。

「〈完全回復〉‼」

「――ひゅっ、かはっ！　ううぅ……」

私がスキルを使うと、エミリアはどうにか回復することができた。しかし着ていた白い法衣は血に染まりきっていて、鉄の匂いに咽《むせ》て、ショックからか大粒の涙がこぼれている。

……あと少し回復が遅れてたら、大変なことになってた。

私は素早くポーションを飲んで、〈完全回復〉を使うために使用した体力とマナを回復する。

「エミリア様、これでわかったでしょう？　天使は私たちの味方ではないし、〈聖女〉は女神フローディアのための生贄なんだって」

「そんな……どうして……。わたくしは、イグナシア様のお役に立つために〈聖女〉になりたかっただけなのに……っ！」

「……イグナシア殿下が、いなくなったあなたを捜していましたよ。こんなところにいるより、早く帰ったらどうですか」

「…………イグナシア様……」

エミリアの代わりに私が絡まれて面倒なことになるので、ちゃんとイグナシア殿下の手綱を握っていてほしいところだ。

「しぶといですこと。……まあ、皆さんには死んでいただきましょう」

「ちょ！」

このままの流れでエミリアたちを帰そうとしたけれど、やっぱり見逃してもらうことはできなかった。天使が槍を構えて、こちらに突っ込んでくる。まるで風のような――いや、光の速さと言うべきだろうか。

「させるか！〈猫だまし〉!!」

「きゃぁっ！」

ケントのスキルがさく裂し、天使が悲鳴をあげた。

……天使が反応したの、これが初めてだよね？ほぼすべての攻撃が効かないのかと思っていたけれど、そんなことはなかったようだ。

私はほっと胸を撫《な》でおろして、気合を入れ直す。

「みんな、天使ちゃんを倒すよ！」

「「おお!!」」

私は素早く支援をかけていき、すぐに戦闘態勢を整える。

前衛はケントとブリッツ。その補佐にミモザが入り、それを私が全力で支援する。その後ろには後衛のタルト、ココア、ティティアがいて、それをリロイが支援。そしてありがたいことに、オーウェンも多少の支援をしてくれている。

今は猫でもいいから、味方が一人でも多くほしいからね。

「〈挑発〉！　からの、〈嘆きの竜の咆哮《ドラゴンランス》〉!!」

〈竜騎士〉になったケントの一撃が決まり、それに全員が続く。オーウェンが引きつれてきた〈聖堂騎士〉たちもだ。

「〈大地に焦がれた私は生命の芽吹きに祈りを捧ぐ♪〉」

「「〈聖なる裁き〉」」

「〈ポーション投げ〉にゃ！」

「〈女神の一撃〉」

「〈無慈悲なる裁き〉」

「「「〈光の裁き〉!!」」」

全員の攻撃が天使に命中したのを見て、私はすぐに支援をかけなおそうとして――ハッとする。天使の体から光の粒子が溢《あふ》れ出したからだ。

「そんな、わたしが人間ごときにやられるというの……!?」

光の粒子になって消えた天使を見て、ティティアが膝をついた。「どうして……」と呟《つぶや》くその背中には力がない。教皇として本当にこの対応でよかったのか戸惑っているのだろう。

……だけど、私だって女神のために死ぬわけにはいかないよ――。

「勝った……んだよ、な？」

重い空気の中に発せられたケントの声で、全員が体の力を抜いた。けれど心臓はバクバクと音を立てているままで、呼吸はまだ整いそうにない。

……ああ、このまま寝転がりたいよ。

「よかった、よかったですにゃぁ……っ！　お師匠さま！」

「タルト」

ぎゅっと抱きついてきたタルトを抱きしめ返して、私はほっと一息つく。天使に負けていたら、きっと今頃私は生贄《いけにえ》にされていただろう。

……でも、女神フローディアが復活したらどうなるんだろう？　そもそも、生贄になることが〈聖女〉なら、ユニーク職業《ジョブ》に〈聖女〉なんて存在できないよね……？

天使に殺されるという問題は解決できたけれど、どうもスッキリしない。もしかしたら、生贄を回避して〈聖女〉になる方法もあるのかもしれない。

「…………」

私は女神フローディアの墓標の前に行って、じっと見つめる。

「天使ちゃんの言う通りなら、ここに女神フローディアが眠ってるんだね。……まあ、生贄になるつもりはないから起きることはできないだろうけど」

私がそう呟《つぶや》くのと同時に、『なぜ……』という声が響いた。

頭に直接語りかけてきたこの声には、聞き覚えがある。

『シャーロット。あなたはわたくしの眷属《けんぞく》です。その命を、わたくしのために使ってください。そうすれば、世界が平和になりますから』

「――女神、フローディア！」

語りかけてきたフローディアの言葉に、私は目を見開いて驚いた。まさか、フローディアにまで生贄《いけにえ》になるよう強要されるとは。

……しかも眷属って何!?

そう思って、ハッとする。眷属という言葉に心当たりがあったからだ。〈癒《いや》し手〉に転職するとき、私は女神フローディア像の前で眷属になると祈りを捧《ささ》げている。おそらくそのことを言っているのだろう。

というか――、

「あれは……転職の決まり文句じゃないですか！」

そう言わなければ転職できないのに、そのことをここで持ち出してくるのは卑怯《ひきょう》だ。残念ながら、私に信仰心なんてものはないのだから。

しかしフローディアは、私の言葉なんてまるで届いていないかのように話を続ける。

『大丈夫ですよ。わたくしは皆を愛していますから。あなたの分も、皆を愛しましょう』

「結構です！」

私は杖《つえ》をぐっと握りしめて、一歩後ろに跳ぶ。そして全員にフル支援をかけ直す。この展開でフローディアとの戦闘がないなんて、とてもではないが考えられないからだ。タルトには〈女神の一撃〉をかけることも忘れない。

「お師匠さま！」

「いつでも〈ポーション投げ〉をできるようにしておいて。みんなも、戦闘態勢！」

「……っ、はいですにゃ！」

何かを言いかけて、けれどそれを呑《の》み込むようにタルトが返事をする。すぐにリロイやケントたちも警戒態勢になった。これでいつ戦闘が始まっても大丈夫だろう。

……でも、女神フローディアが襲ってきたとして……勝てる？

嫌な汗が背中を伝うけれど、やるしかない。私がそう思うのと同時に、墓標から『アアアアアアァァァァッ』という叫び声が響く。その声には衝撃波が加わっていて、吹き飛ばされそうになるのを前傾姿勢になってどうにか耐える。

「初手からエグ」

私は呼吸を落ち着かせながら、体勢を戻す。

「……お出ましだね」

「あ、あれがフローディア様……？」

私の隣に来たティティアが、ひゅっと息を呑む。その表情はくしゃりと歪《ゆが》み、今まで自分が信じていたフローディアとの違いにショックを隠せないでいる。

『シャー、ロット……』

墓標から出てきた女神フローディアは、まるで堕天使のようだった。

背中と腰、合わせて二対の白い翼。きらめく金色の髪に純白のドレスは美しい。慈愛に満ちた笑みを浮かべてはいるけれど、声はノイズがかかったようにくぐもり、その手に持つ剣はどこか禍々《まがまが》しさを放っている。その対照的な姿が、恐ろしい。

私が生贄になれば、こんな姿ではなく、真に慈愛ある女神フローディアとしてこの世に顕現したのだろうか？　そう考えてはみたものの、しかし人の命を使って蘇《よみがえ》った時点で――もう女神ではないのではないか。

剣を構えたフローディアを見て、私は大丈夫かと心配になる。こちらにいるメンバーは、私以外全員〈エレンツィ神聖国〉の出身のはずだ。女神フローディアは生まれたときから信仰の対象で、祈るべき存在だったはず。

……それと今から戦えと急に言われても、きっと困ってしまうだろう。

逆に言うと、私はかなり落ち着いていると自分でも思う。

きっと、女神や天使の裏切りが漫画などでは割と鉄板要素でもあったからかもしれない。意外に天使が悪の話は多い。

私がそんなことを考えていたら、ケントの息を吸う音がハッキリ耳に届いた。瞬間、私も同時にスキルを使う。

「――くるぞ！　〈挑発〉!!」

「〈女神の守護〉！」

フローディアが振り上げた剣を、ケントが大剣で受け止める。その直後に、私が〈女神の守護〉をかけ直した形になった。

――タイミングバッチリ！

とはいえ、倒せる？

今までで一番緊張している。気を抜いたら一瞬で死ぬかもしれない。女神フローディアが弱いはずなんて、ないだろうから。

〈ルルイエ〉の問題も片付いてないのに、大物ラッシュだよ。

「防御はしっかりしてね。無茶はしないで、長期戦になる覚悟で戦おう」

「はいですにゃ！　ポーションが足りなくなったら、早めに教えてくださいですにゃ」

「わかった！」

私の言葉をタルトがフォローし、ケントたちが返事をする。無理に決着を急いで致命的な状況になるより、長期戦に持ち込んだ方がいい。命大事に!!

とはいえ、どうやって戦う……？

フローディアが軽く地を蹴ると、羽根のようにふわりと舞い上がった。そのまま後ろに下がり、前に突き出すように剣を構える。そして次の瞬間、フローディアが視界から消えた。

——え？

「危ない!!　……っ、〈聖なる盾〉!!」

「……っ!!」

ブリッツが私の前でスキルを使った瞬間に、ブリッツの盾にフローディアの剣先が当たった。その衝撃で、私とブリッツは後ろに吹っ飛ぶ。

……全然、見えなかった！

「はー……。ありがとう、ブリッツ」

「いえ。……ですが、あの攻撃が毎回きたらと思うと——」

ゾクリとしたものが背筋を走った。あんなもの、前衛でなければ防ぐことは不可能に近いだろう。

私は口元を引きつらせつつ息を呑む。

起き上がろうとすると、近くにいたリロイが手を貸してくれた。

「これは、長期戦にとも言っていられそうにないですね。〈女神の一撃〉」

「そうですね……。〈女神の使徒〉〈リジェネレーション〉〈マナレーション〉」

そして再び、フローディアの姿が消えた。

「——！　今度はどこに……ッガハ！」

フローディアが狙ったのは、また私だった。〈女神の守護〉をかけていたのでダメージはないけれど、お腹を剣で突かれた衝撃は良いものではない。加えて、後ろに吹っ飛んだ先にあった岩で背中を強打した。

「〈女神の守護〉〈ヒール〉、ふー……。やっぱりというかなんというか、フローディアのターゲットは私みたい」

さっきは天使が生贄にするために私を手にかけようとしたけれど、別にフローディア本人が私を殺しても問題ないのかもしれない。誰が殺そうと、生贄の役割なんてそう変わることはないだろう。

私にばっかり攻撃が集まるのは辛《つら》いけど、そこに勝機があるかもしれない。

たとえば、フローディアに攻撃された瞬間――フローディアの腕を掴《つか》んで離さずにいて、その隙《すき》に一斉に総攻撃するとか！　……いや、〈アークビショップ〉の私には無理だ。剣を振り回す女神をこの細腕で止められるとは思えない。

一〇回くらい死なないと倒すのは難しいかもしれない。そんな絶望的なことを思っていると、私の横をティティアが通り過ぎた。

「ティー!?　そんなに近づいたら危ないよ！」

「ティティア様!?」

しかしティティアは、私の声にも、リロイの声にも応えず、まっすぐ歩いてフローディアの目の前に行った。

どうしよう、すぐに支援をかけて引っ張って連れ戻して――そう頭の中で考えているうちに、ティティアがフローディアの前で跪《ひざまず》いた。

『……ほう？』

憂いに満ちたティティアの瞳に、私はごくりと唾を飲む。

「ああ、世界を愛する、わたしの信じていたフローディア様ではないのですね」

『〈教皇〉……わたくしの可愛《かわい》い子。そのような心配は必要ありませんよ。〈聖女〉候補がその身と引き換えにわたくしを蘇らせてくれますから。そうすれば、わたくしが世界に本当の平和をもたらすことができるのです』

フローディアは自分さえいれば世界が平和になると、そう信じて疑っていないようだ。

まあ、確かにそれも正解の一つではある。すべてを守ることは、とても難しい。多くを守るために最小限の犠牲を受け入れるということは、よくある話だ。

……だからといって、私がその犠牲になるつもりは毛頭ないが。

私はティティアの横に立ち、好き勝手に喋《しゃべ》るフローディアをまっすぐに見る。

「そもそも、あなたの言う平和とはなんですか？」

戦争がないこと？　モンスターがいないこと？　自然災害がないこと？　平和と言えば聞こえはいいけれど、漠然としすぎている。

「何を平和と思うかなんて、人によって違うじゃないですか」

私の質問が意外だったのか、フローディアは不思議そうな顔をして、ふふっと微笑《ほほえ》んだ。そんなこともわからないのか？　と、言うかのように。

『わたくしの言葉に従って生きることこそ、平和ではないですか。わたくしがいるだけで、平和は保たれるのですよ』

「な……っ！　それじゃあ、自分の意志で生きているとはいえないじゃないですか！　あなたに操られて生きる人しかいない国の、どこが平和なんですか！」

私が声を荒らげると、フローディアは肩をすくめてみせた。

『シャーロット、あなたはまだ子供で、わからないだけです。ああでも……あなたは贄になるのだから、平和になったわたくしの国を見ることができないのでしたね』

ああ、駄目だ。

フローディアは、私の言葉なんてまったく聞こうとはしない。どんなに熱く語ったとしても、きっと彼女に届くことはないのだろう。

私がギリッと奥歯を噛《か》みしめると、すっとティティアが立ち上がった。

「わたしは、誰かの犠牲の上にあるものや、意志のないことは本当の平和ではないと思います。わたしの考えは、フローディア様から見れば綺麗事《きれいごと》のように思えることでしょう。けれど、〈教皇《わたし》〉がその平和の姿を掲げず、誰が信じてくれるというのでしょう……！」

ティティアが一筋の涙を流し、ゆっくり指を組み祈りのポーズをとる。私はそれを見て、何をしたいのか悟ってしまった。

「ティティア！」

私は最悪の場合を考え、ぐっと杖を握りしめる。

『その小さな身で、わたくしに対抗できると本当に思っているので――』

「〈最後の審判《ジャッジメント》〉」

静かなティティアの声が空に響くと、フローディアは大きく瞳を開いた。そのスキル自体がどんなものかは、知っていたのだろう。

ティティアの使う〈最後の審判《ジャッジメント》〉は、50％の確率で敵を即死、50％の確率で全回復させるという恐ろしいスキルだ。

発動したスキルの、ピリッとした重い空気がのしかかってくる。そしてフローディアの上空には、大剣を持った天使が現れた。

……お願い、どうか！

私がスキルの反動で気絶するであろうティティアの体を支えるのと同時に――天使がその大剣をフローディアに突き刺した。

『な……っ、わたくしが、たったこれだけの攻撃に……!?』

「――即死判決!!」

「……っ！　フローディア様……！」

フローディアから光の粒子が溢《あふ》れるのを見て、ティティアは悲痛な声をあげる。フローディアの意志を否定し、自分の手で裁きを加えたとしても、ティティアにとってフローディアという存在が特別なものだったことがよくわかる。

……私だって、できることなら〈聖女〉として女神フローディアに仕えたかったよ。

時間をかけて光の粒子になったフローディアがいた場所には、小箱が一つ残った。

「「「…………」」」

フローディアを倒した。

それはきっと喜ぶべきことなのだ。しかしみんな疲労困憊《こんぱい》で、荒い息遣いでフローディアの墓標を見ているだけで。

……後味が悪いどころじゃなくて、いろいろ酷《ひど》すぎるクエストだよ……。

肉体的にも、精神的にも、とても疲れたクエストだった。

私はリロイに気絶したティティアを託し、すべてを投げ出して地面に倒れたいのをぐっとこらえて、フローディアのドロップアイテムのところへ行く。見たことのない白い小箱で、何に使うのか見当もつかない。

……開ける系のアイテムかな？

「ねえ、この箱……開けてもいい？　それとも――」

分配について問いかけながら小箱を拾ったら、ぱあっと光り輝いて勝手に開いてしまった。どうやら、手にすることが開く条件だったのだろう。

そして全員に聞こえるように、女神フローディアの声がした。

『世界が平和になりますように』

……身勝手な女神だと思ってしまったけれど、自分が倒されてもなお――世界の平和を願う。その姿勢だけは好感が持てる。

声が終わると同時に、私の前にクエストウィンドウが現れた。

【ユニーク職業《ジョブ》〈聖女〉への転職】

女神フローディアが消滅し、この世界の平和を願う女神がいなくなりました。

あなたは代わりの女神にならなければいけません。

しかし人間の身で神になることは体への負担が大きすぎるので、〈聖女〉としてその役目を担いなさい。


それを読んだ瞬間、私の体から光の柱が立ち上った。

「はっ!? 嘘《うそ》、ちょ……っ!!」

そして私は、不意打ちだとばかりに──〈聖女〉への転職を果たした──。


エデンに戻り、泥のように眠った私たちは、〈転移ゲート〉を使ってツィレに戻ってきた。一年ぐらいゴロゴロ休みたいけど、こっちも大きな問題が残っているのだ。

私の左手には、新しい装備が加わった。フローディアが残した小箱の中に入っていたもので、その名を〈フローディアの雫《しずく》〉という。

腕輪と指輪が対になっている防御系のアイテムで、回復スキル＋20％、マナ消費量－20％、聖属性＋10％、マナ自然治癒力向上というとんでも性能な上に、固有スキルまでついている代物だった。

「——ということなんだよね」

「なるほど……」

「〈聖女〉なんてすごすぎですにゃ！　さすがはお師匠さまですにゃ‼」

宿に集まって、私はみんなに〈聖女〉クエストが進んでいたことを話した。ただ、このクエストが今回のロドニーに無関係だとも思えないので、その点もきちんと伝えておく。

リロイは思案したあと、頷《うなず》いて私を見た。

「どちらかといえば、ロドニーが動き出したから〈聖女〉クエストが始まったと考えた方が自然でしょうね」

「……明確なところは、私にはわかりません」

とはいえ希望を言うならば、もちろんロドニーが先の方がいい。私がクエストを始めたせいでティティアの地位が乗っ取られたなんて、どんな顔してティティアと話せばいいかわからないよ‼

「今回ほどの規模で行動を起こしたのですから、ロドニーも数年単位で準備していたと思います。さすがに、数ヶ月程度の準備期間だけでクリスタル大聖堂を掌握することはできませんから」

「そ、そうですよね」

リロイの言葉にあからさまにほっとしてしまった。

「あとはロドニーを……というか、〈ルルイエ〉を倒せばいいわけですが、そこが問題ですね」

リロイの言葉に、全員が腕を組んで唸《うな》る。〈ルルイエ〉の強さはこれでもかというほど身に染みているし、数レベル上がった程度で太刀打ちできるとも思っていない。

……が！　今の私には実は奥の手がある。

「〈ルルイエ〉は私がある程度なんとかできると思う」

「まじか、さすがシャロン！　〈聖女〉になったから、できることが増えたってことか？」

「やっぱりお師匠さまはすごいですにゃ！」

私の言葉を聞いてケントとタルトを筆頭にみんなが盛り上がる。〈ルルイエ〉を倒しクリスタル大聖堂を取り戻す目途《めど》がついたのだから、喜ぶのは当然だよね。そんな様子のみんなを見回して、わたしはごくりと息を呑む。

実はまだ、一番の問題を告げていない。

きっと、この話し合いというか、作戦会議が終わったらクリスタル大聖堂を取り戻しに行くとみんなが思っているだろう。

だけど、それはできないのだ。

「みんなに聞いてほしいの」

「シャロン……？」

私の言葉に、全員が私を見る。

「実は……　〈聖女〉になったから——レベル1になっちゃったの！」

「「「えええええええぇぇぇぇっ!?」」」

『リアズライフオンライン』は、ほかの職に転職するとレベルが1に戻る。これは仕様なので、どうしようもないことだ。私が〈闇の魔法師《ダークメイジ》〉から〈癒《いや》し手〉になったときも、レベルが1に戻った。

……あれからそんなに経《た》ってないのに、もう懐かしく感じるね。

ということで、私はレベル上げにやってきた。

メンバーは、私、ケント、ココア、リロイだ。ケントは壁役で、ココアはもしものときの殲滅《せんめつ》担当、リロイはもちろん支援担当だ。私のスキルはまだ全然だし、そもそも〈聖女〉にどんなスキルがあるのかも未知数だからね。

ほかのメンバーは宿でお留守番をしてくれている。ちなみに、タルトには〈スキルリセットポーション〉を泣きながらもたくさんお願いしておきました。飲みたくない。

最初のレベル上げは、ツィレを南に出てすぐのフィールド。ここで〈プルル〉や〈花ウサギ〉を倒してレベル10ちょっとまで上げていくのだ。

「〈身体強化〉〈攻撃力強化〉〈防御力強化〉〈女神の守護〉〈女神の一撃〉」

「〈挑発〉!!」

「〈至福のひと時〉」

「わあ、ありがとう～！」

そして私は一気に〈咆哮《ほうこう》ポーション〉を飲み干す。これで攻撃力アップだ。フル支援でのレベル上げ、楽しい～！

〈プルル〉を杖《つえ》で殴ると――一撃！〈花ウサギ〉も杖で殴って――一撃！

「た～のし～いっ！」

「……こんな反則みたいなレベル上げがあるのかよ……」

ケントが呆《あき》れつつも〈挑発〉をしてくれるが、一撃で倒してしまうので今はあまり意味がない。

ひとまず殴り続けて、レベル15になったところで一度ストップ。

「ちょっとスキルを見てみるね」

「おう」

「〈聖女〉のスキル、興味深いですね……」

ケントがモンスターを釣るのをやめ、ココアも「了解！」と返事をした。リロイはスキルが気になるようで、私のところにやってきた。

どれどれ……？

「んー、〈聖女〉のスキルではあるけど、内容は〈癒し手〉と重複してるものも多いね。上位互換って感じかな？」

とはいえ、育ちさえしてしまえば比べものにならないくらい強くなるだろうけど……。

今取得できるのは、いわゆる〈ヒール〉の効果を持ち、さらに周囲まで少し回復してくれる〈癒しの光《ライトヒール》〉、次の攻撃力が三倍になる〈必殺の光〉、強力なバリアを張る〈守護の光〉、身体能力をアップさせる〈栄光の光〉、聖属性で攻撃する〈裁き〉だ。

さすがは〈聖女〉、強いね……！

ほかのスキルに関しては、前提スキルを取得していけば取ることができるようになるだろう。今はとりあえずレベル上げをしたいので、〈裁き〉を取得した。

「よーし、次に行きましょう！」

「お、スキル取れたのか？」

「うん。攻撃スキル一択だからね！　今やってみるね！」

スキルの検証はとても大事だ。私はそれをティティアのスキル取得のときに学んだので、もう同じような失敗はしないのだ。

私は〈プルル〉の前に立って、高らかにスキルを唱える。

「――〈裁き〉！」

すると、空が一瞬キラリと光り、気づいたときには〈プルル〉に聖剣が突き刺さっていた。そして聖剣がふっと消えると、〈プルル〉も光の粒子になって消えた。残ったのはドロップアイテムの〈ぷるぷるゼリー〉だけだ。

思わずぽかんとしてしまう。

「わぁぁ！　いい感じ！」

「うわ……威力、えぐっ」

「……〈聖女〉ってなんだろうね」

「まあ、シャロンですからね……」

私はスキルの威力に喜んだのだけど、三人は若干引いているような気がする。

「そもそも女神フローディアと天使があんな感じだったのに、〈聖女〉に過度な期待をするのは違うと思う！」

「「「確かに」」」

女神フローディアのおかげで全員の意見が一致した。

「それじゃあ、次は〈オーク〉あたりにいってみよう！」

「え、〈ウルフ〉じゃないのか!?」

私が目的のモンスターを告げると、ケントが「やばいだろ！」と驚いている。しかし今の私は〈裁き〉という超つよつよスキルがあるので、まったく問題ないと思う。

「大丈夫、いける、いけるよ……！」

「まじかよ……」

ケントは「早すぎる」と文句を言いつつも、〈オーク〉がいる〈木漏れ日の森〉に向かってくれた。

「ただいまっ！」

レベル上げを終え、私たちは宿に戻ってきた。一日ほぼフル稼働でレベル上げをした結果、私のレベルは73まで上がった。

そして私がもともと持っていた『女神フローディアの祝福』の称号はなくなった。きっとフローディアを倒したせいで消えたのだろう。代わりに、『女神の代理人』という新しい称号がついていた。

ちなみに職業スキルの〈聖女の祈り〉は内容が物騒すぎるので、まだ一回も使っていない。しばらく使う予定もない。

「え、レベルって一日でそんなに上がるんですにゃ？」

「いくらなんでも、73は無理じゃないですか……？」

タルトとミモザが困惑した顔で私を見てきて辛《つら》いです。タルトはいつでもすごいですって褒めてくれるのに……。

それにフォローを入れてくれたのは、ケントだ。

「それが、本当なんだよ……。攻撃スキルがめちゃくちゃ強くて、〈プルル〉と〈花ウサギ〉を倒したあとは〈ウルフ〉にいく予定だったのに、それを飛び越えて〈オーク〉を倒して、最後は〈ワイバーン〉も狩ってきたんだ……」

基本情報

名前 シャロン(シャーロット・ココリアラ)

レベル 73

職業 聖女　世界を愛する聖なる乙女
大いなる力で人々を癒し、世界の平和を祈る存在

称号

婚約破棄をされた女
性別が『男』の相手からの
攻撃耐性 5%増加

女神の代理人
回復スキルの効果 30%増加
攻撃魔法の威力 20%増加

スキル

◆ **聖女の祈り**
天使を召喚する

♥ **癒しの光《ライトヒール》** レベル6
対象者と、その周囲にいる
味方を少し回復する

♥ **絶対回復** レベル5
一人を大回復する

♥ **虹色の癒し** レベル5
半径10メートルの対象を回復する

⏏ **必殺の光** レベル3
次に与える攻撃力が3倍になる

◆ **守護の光** レベル3
指定した対象にバリアを張る

⏏ **栄光の光** レベル3
身体能力(攻撃力、
防御力、素早さ)が向上する

⏏ **聖女の加護** レベル10
身体能力(攻撃力、防御力、
素早さ)が大幅に向上する

♥ **月の光** レベル10
20秒ごとにマナを回復する

♥ **星の光** レベル10
5秒ごとに体力を回復する

♥ **治癒**
すべての状態異常を回復する

◆ **聖なる結界** レベル5
モンスターが入れない
結界を作る

◆ **聖女の結界** レベル10
使用者に害意ある者が入れない
広範囲の結界を作る

⏏ **平和の祈り** レベル1
自身の体力・マナが向上する

✷ **反射**
闇属性の攻撃を反射する

装備

頭 慈愛の髪飾り
回復スキル 5%増加　物理防御 3%増加
全属性耐性 3%増加

胴体 慈愛のローブ
回復スキル 5%増加　魔法防御 3%増加

右手 芽吹きの杖
回復スキル 3%増加　聖属性 10%増加

左手 フローディアの雫
回復スキル 20%増加　マナ消費量 20%減少
聖属性 10%増加　マナ自然治癒力向上
スキル〈反射〉を使用できる

アクセサリー 冒険の腕輪
システムメニュー使用可

アクセサリー -----------

靴 慈愛のブーツ
回復スキル 5%増加
物理防御 3%増加

慈愛シリーズ(3点)
回復スキル 15%増加
物理防御 5%増加
魔法防御 5%増加
スキル使用時のマナの消費量 10%減少

フォローをしつつも、ケントの顔にも「ありえない」と書いてあるのがわかる。

「なんというか、壮絶な戦いをしてきたんですね……」

ミモザは苦笑しつつ、「お茶を淹《い》れましょう」とお茶とお菓子を用意してくれた。


紅茶とお茶菓子の雪アイスを食べながら、私はひと時の癒しタイムを満喫する。この穏やかな時間も、あっという間に終わって作戦会議になるはずだ。

「だから今は美味《おい》しいお茶とアイスを堪能する！　ん～、美味しい！」

「美味《うま》いけど、一個じゃ足りないよなぁ」

雪アイスを味わって食べていたら、ケントが腹ペコを主張し始めた。まあ、今さっきまで狩りをしていたのだから、お腹がすいているのは仕方がない。

「それなら、焼きたてピザがあるよ」

私は購入していたピザを取り出して、テーブルの上に置く。香ばしいチーズの匂いと、たっぷりのった具材が食欲を刺激してくる。

「美味そう……！」

「わあああ、美味しそう！」

ケント以上に、ココアの目がキラキラしている。

「タルトたちもお腹すいてない？　みんなで食べよう」

「食べますにゃ！」

「わたしも食べたいです！」

タルトとティティアがあっさり釣れたので、みんなでピザを食べてちょっとした雑談タイムを楽しく過ごした。


そしてお腹が満たされたら、今後のお話だ。

「――という感じでいこうと思うんですが、どうですか？」

「それでいいと思います」

私がざっと作戦を説明すると、リロイをはじめ、みんなが頷《うなず》いてくれた。

基本的な作戦は前回と変わらないけれど、今回は私が大幅にパワーアップしている。そのため、〈ルルイエ〉への勝機もあるはずだ。

すると、ティティアがおずおずと手を挙げた。

「どうしました？」

「今、気にするべきではないと思うのですが……オーウェンたちはどうしましょう？」

「ああ……」

そういえばそうだったと、私も思い出す。

ロドニーの息子オーウェンとエミリア、その他の〈聖堂騎士〉たちは再び徒歩でツィレに向かっているはずだ。もしくは、まだエデンで休んでいるかもしれない。

天使、フローディアとの戦いのあと――エミリアは、「どうしてわたくしが〈聖女〉じゃないのよ！」と大泣きした。ヒステリックなその様子を見て、全員でドン引きしたことは今でも鮮明に思い出せる。

オーウェンは「自分が連れてきたので」ということで、どうにかエミリアをなだめようとしていたのだけれど……まあ、そんな簡単になだめられるわけでもなく。最後は引きずるようにして連れ帰っていた。

結局のところ、オーウェンの『女神フローディアを倒す』という目的は私が達成してしまうという不思議な結末になってしまったわけで。

……でも、オーウェンはそんなにロドニーに肩入れしている感じではなかったんだよね。

オーウェンは私の前に両手を差し出し、「どうぞ捕まえてください」と告げた。父の言うことに逆らうことはできなかったけれど、好きだったわけではなかったらしい。むしろ、ティティアのためならなんでもするリロイに憧れているのだと言っていた。私としては、憧れる人を間違えているのではと思うけれど。

「ひとまず脅威になる戦力じゃないから、今は置いておきましょう。クリスタル大聖堂の件が片付いたら、〈聖堂騎士〉を派遣すればいいと思います」

「……そうですね。そうしましょう」

私の提案に、ティティアは頷いた。

「それじゃあ、本当の最後の決戦に向かいましょうか」

「「「応！」」」

クリスタル大聖堂での決着

「〈聖女の加護〉！」

私がスキルを使うと、レベリング時の留守番組から「わあぁぁぁっ」と歓声があがる。今まで使っていた〈身体強化〉の上位互換だからね。体の動かしやすさが上がっているはずだ。

「力がみなぎってくる。これならいけるはずだ！」

ケントがぐっと拳に力を込めて、気合を入れる。それにすかさずブリッツも頷《うなず》き、「絶対にロドニーを捕らえましょう」と力強い声をあげた。

ブリッツとミモザが〈聖堂騎士〉たちの指揮をし、クリスタル大聖堂に突入する。私たちもそれに続き、一直線にティティアの部屋へ向かう。今度こそ、〈ルルイエ〉にだって負けたりしない。

前から走ってくる敵の〈聖堂騎士〉を見て、ケントがこちらに「止まれ！」と叫ぶ。相手をしている暇はないので、別の道にした方がいいと判断したのだろう。しかしすぐに、「待ってください！」と相手が叫んだ。

〈聖堂騎士〉たちは手にしていた剣を床に投げ、跪《ひざまず》いた。

「私たちはティティア様にお仕えしたいです！」

「ロドニーに協力するなんて、もう嫌です」

「『もう一度、ティティア様にお仕えさせてください』」

懇願する騎士たちの前にリロイが立ち、「では」と言葉を続ける。

「ティティア様の役に立つことを証明してください。私たちは〈ルルイエ〉の相手をしなければいけませんから」

「……っ！　ご案内します」

「必ずや、お役に立ちます!!」

騎士たちは立ち上がり、「こっちです！」と先頭を走り出した。どうやら〈ルルイエ〉のところまで案内してくれるようだ。

私たちは頷き合って、騎士たちの後に続いた。


長い廊下を走り、階段を上り、五分と少し走ったところでティティアの部屋の前に到着した。

〈ルルイエ〉は相変わらずこの部屋にいるようだ。

私が騎士も含めて全員に支援をかけると、ケントが気合を入れて腹から声を出す。

「よっしゃ、行くぞ！」

「うん！」

絶対に負けないという強い意志を持ち、部屋の扉を開けた。

真夜中というだけあって、部屋の中は薄暗い。奥にある大きな窓から入る月明かりのおかげで、少し部屋の中が見えるくらいだろうか。だけど、禍々《まがまが》しい雰囲気は確かに感じる。

部屋の中を見回していると、天井の中央からブランコが吊《つ》り下げられていることに気づいた。ダンジョンで〈ルルイエ〉が乗っていたものと同じだ。

「〈挑発〉！　勝負だ、〈ルルイエ〉!!」

『——んっ！』

瞬間、ルルイエの闇魔法が大剣に当たってヴァンッ！　と異様で大きな音が立つ。気づけば、〈ルルイエ〉はブランコに乗っていたようだ。〈ルルイエ〉の肩には、使い魔のコウモリが二匹いる。

「魔法攻撃!?　〈守護の光〉!!」

「〈ポーション投げ〉にゃ！」

「〈必殺の光〉」

ケントにはバリアを、攻撃を終えたタルトには攻撃支援をかける。今のところこちらにダメージはないけれど、〈ルルイエ〉は無傷で倒せる相手ではない。

〈ルルイエ〉は杖《つえ》を大きく振って、『闇よ……』と不敵に微笑《ほほえ》む。強い闇魔法攻撃がくるであろうことは、簡単に予測できる。

「ケント！」

「おう！」

私はケントのすぐ横に行き、左手を前に出す。装備している〈フローディアの雫《しずく》〉がぱあぁと光り、私の前に透明な魔法陣が現れる。

「〈反射〉しろ！」

『――っ⁉』

〈ルルイエ〉が闇魔法攻撃をしてくるのと、私が装備のスキルを使うのは同時だった。この装備は、『闇』属性の攻撃をすべて反射するスキルがついていた。

……まったく酷《ひど》いチート装備だよ。

〈ルルイエ〉が作り出した、まるでブラックホールのような闇の塊。その攻撃を見事に反射し、すべて〈ルルイエ〉へはね返った。

『キャアアァァァアアァッ！』

闇を切り裂くような悲鳴と共に、〈ルルイエ〉のお腹に反射された闇の塊が命中する。そのまま吹っ飛んでいき、背中からぶつかった壁に亀裂が入った。

あんな威力の攻撃が直撃してたら、私こそただじゃ済まなかったね……！

ぞくっとした心臓を抑えるように、私は深呼吸をして気持ちを整える。大丈夫、私たちは勝てる。

〈ルルイエ〉の攻撃は闇なんだから、今みたいに反射すれば負けない。

私はケントからいったん離れ、〈ルルイエ〉が動き出す前に急いで支援をかけ直す。マナがかなり減ったので、回復するのも忘れない。

「いくよ！」

「〈ポーション投げ〉！」

「〈無慈悲なる裁き〉！」

タルトとティティアの攻撃が上手《うま》く命中し、〈ルルイエ〉がうめき声をあげる。前回と打って変わり、かなりいい調子ではないだろうか。

そう思うけれど――〈ルルイエ〉は外見が可愛《かわい》い女の子なので、なんというかやりづらさも感じてしまう。一瞬でも手を抜けばやられてしまうのに、こんなことを考えてしまうなんて。

「シャロン、また魔法がくるぞ！」

「任せて！」

私はもう一度前に出て、反射する。しかし〈ルルイエ〉も多少は学習しているのか、今度はそれを避《よ》けた。

「……っ！　せっかくの反射なのに……避けるとか、やば！」

〈ルルイエ〉の攻撃を一瞬で反射しているので、本来ならば逃げる術《すべ》なんてない。けれどそれを可能にしているのは、〈ルルイエ〉の身体能力の高さゆえか。

反射は防御手段と割り切って、攻撃していくしかないか。

私はよほどヤバい攻撃以外は前に出ない方がいいだろうと考えて、いったん後ろに下がる。ちょうどココアが立っているくらいの位置だ。

すると、ココアが奥の壁を戸惑いながら指さした。

「シャロン、あれって……」

「え？」

私が視線を向けた先にあったのは、ここに最初に忍び込んだときにも見た、禍々しいルルイエの魔法陣だった。〈火炎瓶〉を投げて壊そうとしても無理だったものだ。

忌々《いまいま》しい。そう思って魔法陣を睨《にら》みつけると、ココアが「変じゃない？」と言い出した。

「いや、変なのかどうかはわからないんだけど……魔法陣から出てる黒いモヤみたいなのが、〈ルルイエ〉と繋《つな》がってるように見えるの」

「え!?」

ココアに言われてよく見ると、確かに魔法陣から出ているモヤが〈ルルイエ〉のところに流れている。ただ、それがどういうことなのかはわからない。

ただ、繋がっていることに意味がないとは思えない。〈ルルイエ〉が力を供給されているとか、そういうことだろうか。

というか、クエストで戦う敵はそういったギミックがあることは多い。この魔法陣を解除すると、〈ルルイエ〉の戦力を削れる可能性は高いと思う。

……今まで負けていたのも、この魔法陣を破壊できていなかったからかもしれない。

「あの魔法陣の破壊が勝利の鍵な気もするけど、どうやって壊すかが問題だよね……」

「〈火炎瓶〉でも駄目だったもんね……」

あの魔法陣の破壊方法がわからない。

〈聖女〉のスキル？　けれど、取るかわからないスキルが鍵になるというのも、どうにもしっくりこない。

「シャロンのその装備は？」

「これ？　でも、これは〈反射〉だから攻撃されないと駄目なんだよ」

「あ、そうか……」

ココアが提案してくれたけれど、魔法陣は私たちを攻撃してくるわけではないので、この装備のスキルは役に立たない。

「なんとかして考えてみる！」

「うん」

私はココアの横を離れ、再びみんなに支援をかけ直していく。多少の攻撃は受けているけれど、まだ致命傷は食らっていない。回復は〈星の光〉で間に合っている。

〈ルルイエ〉が杖を振るうと、小さな闇の玉が飛んでくる。この程度であれば、私が反射する必要はない。各自で対処できる。

しかしここでふと、この小さな玉を反射して魔法陣にぶつけてみたらどうだろうと思いつく。一回では無理かもしれないけど、何回もやれば可能性はある。

……やってみる価値はありそうだね。

「ケント、私が〈ルルイエ〉の攻撃を引きつけるから、いったんストップして！」

「はぁ!?」

私の提案に、ケントが素《す》っ頓狂《とんきょう》な声をあげる。一番レベルが低くて、前衛とほど遠い私が攻撃を受けると言ったのだから、驚きしかなかったのだろう。

「大丈夫！　優秀な支援はボスを抱えながら支援するんだから！」

「まじかよ……！」

まじまじ。まあ、その場合は装備や消耗品類がもっと充実してなきゃいけないんだけど……今はまあ、仕方ない。

私はみんなから距離を取りつつ、反射で闇の玉を壁の魔法陣に当てられそうな位置取りをする。

……うん、ここならよさそう。

ココアが小声でみんなに作戦を伝えたので、私から程よく距離を取ってくれている。

「シャロン、俺が下がったらすぐにやれよ！　無理そうだったら、すぐに前に出るからな！」

「オッケェ……！」

これは絶対に負けられない戦いだ！

私はぐっとお腹に力を入れて、〈ルルイエ〉目がけて思いっきり〈火炎瓶〉を投げつけた。爆発が起こり、〈ルルイエ〉の攻撃対象が私になる。

『…………』

「くる……！」

〈ルルイエ〉の周囲に小さな闇の玉がいくつも浮かび、それが私目がけて飛んでくる。当たっても即死するような攻撃ではないが、痛いことに変わりはない。しくじらないように、よく見て、スキルを使う。

「今！　〈反射〉!!」

私が左手を掲げると、一斉に飛んできた闇の玉が反射で四方に飛び散っていく。全部とはいかないけど、そのいくつかは壁の魔法陣に当たった。

「よしっ！」

すると、魔法陣の色がわずかに薄くなる。同時に、〈ルルイエ〉に繫がっていたモヤも薄くなっていく。

「あ、魔法陣が弱くなったぞ!!」

「これなら、わたしでもなんとかできるかもしれません。〈無慈悲なる裁き〉!!」

もろくなった壁の魔法陣に、ティティアが攻撃した。すると、壁がパラパラと崩れ落ちていき、一緒に魔法陣も消え去った。

「やりましたにゃ！」

タルトの歓声が耳に届くのと同時に、〈ルルイエ〉のまとっていた闇のモヤのようなものが晴れた。

やっぱり、魔法陣と〈ルルイエ〉は繫がっていたんだ。

「これなら倒せるか――」

「シャロン!!」

「――!? しま……っ!!」

私の気がほんの一瞬緩んだ隙《すき》に、〈ルルイエ〉から特大の攻撃がきた。しかも攻撃は眼前にせまっていて、反射が間に合わない。

防御系の支援をかけているから、死なないといいなぁ……！

衝撃に備えて目をぎゅっと閉じた――が、なぜか衝撃がこない。私がおそるおそる目を開けると、パァンと〈ルルイエ〉の攻撃魔法がはじけて霧散した。

「な、なん――あ、〈聖なる雫〉だ!!」

うっかりしていたが、私はティティアから〈聖なる雫〉をもらっていたことを思い出した。これは、どんな闇属性攻撃でも一度だけ無効にしてしまうというものだ。

は――……助かった。

「シャロン!? 大丈夫なのか!?」

「うん！ バッチリ！ だから、あとは弱っただろう〈ルルイエ〉を倒すだけ――！」

私は気合を入れ直し、支援をかけていく。

『アァァァアッ！』

叫んだ〈ルルイエ〉の前に、魔法陣の盾が現れる。

真っ先にケントが〈挑発〉をかけ直し、次々とみんなが攻撃スキルを使っていく。先ほどと違って、〈ルルイエ〉に余裕がないことがわかる。防御体勢こそとっているが、すべて防ぐことはできていない。

『……っ！』

〈ルルイエ〉は懲りずに、私に向かって闇魔法を撃ってこようとしている。しかも、今まで見た中で一番大きい。その大きさは、ゆうに〈ルルイエ〉の倍はあるだろうか。〈ルルイエ〉の姿が、魔法のせいでまったく見えない。

「シャロン、大丈夫か!?」

「任せて！」

この装備は、どんな規模の攻撃だって反射する。〈ルルイエ〉がどれだけ強力な魔法を撃っても反射してみせる！

「〈反射〉！」

私の目の前にきた闇魔法を反射し、これで勝利――そう思ったのに、私の首にひやりとした冷たいものが当たる感触がした。

「え……？　くふっ！」

気づいたときには、私は首を引っ張られるかたちで体が宙に浮いていた。〈ルルイエ〉が手首の鎖を私の首に引っかけてきたのだ。

みんなが焦り私の名前を呼ぶが、それに返事をする余裕はない。私の体は〈ルルイエ〉によって思いっきり引っ張られ、そのまま勢いよく投げ飛ばされて――窓を突き破って空へ投げ出された。

「シャロン!!」

ひときわ大きなリロイの声に、ああ、これは本当にやばいぞと思う。首を鎖で圧迫されたせいで、声が出ない。

いくらなんでも、この高さから落ちたら助からないだろう。ティティアの部屋は、クリスタル大聖堂の最上階にあるのだから。

視界に入った赤い月が、まるで血の色みたいだ。

「……っと、……っ」

――もっと、冒険したかったな。

そんな風に思ったのだが、残念ながら声が出ない。せめて声が出れば、どうにかなったかもしれないのに。

しかしそう思った瞬間、大きく風を切る音と共に、視界から赤い月が隠れた。


「やっと見つけたぞ、シャル！」


「――！」

お、お、お、お、お兄様!?

窓から投げ出された私を助けたのは、〈竜騎士〉ルーディット。――私の兄だ。赤いドラゴンに乗り、上空で私のことを受け止めてくれた。

「……っ、ケホッ」

「ん？　喉に絞められたような跡があるな……。とりあえず飲んで回復しろ」

兄――ルーディットが回復薬をくれたので、私はそれを一気に飲み干す。すると、すぐに喉の圧迫が消えて、声も出るようになった。

……そっか、回復薬を飲めばよかったんだ。

気が動転していたこともあって、咄嗟《とっさ》にその判断ができなかった。ゲームでこういった状況に陥ることがなかったので、今まで想定したことがなかったということもある。次があったらちゃんと

回復薬を飲もう。

……とはいえ、自分の未熟さにちょっとしょんぼりするね。

「ありがとうございます、お兄様」

「礼なんていいさ。それより、シャルをこんな目に遭わせたやつはどこにいるんだ？　あの大聖堂か？」

にっこりした顔をしているが、ルーディットの堪忍袋の緒はすでに切れかかっている。まあ、相手が〈ルルイエ〉だから別にいいんだけど……。

「あそこに飛べます？」

「ああ」

私は自分が吹っ飛んできただろうバルコニー跡地を指さし、そこに行ってもらう。派手な攻撃によってバルコニーは壊滅状態だけど、無事に生還することができた。

ルーディットにドラゴンから下ろしてもらうと、全員の視線が私たちに集まる。驚きに目を見開いているが、ケントとココアには感激の色も混ざっているみたいだ。

「お師匠さま！　無事でよかったですにゃ。ルーディット様。わたしだけではなく、お師匠さまも助けていただいてありがとうございますにゃ！」

「師匠……？」

タルトの言葉に、ルーディットが一瞬怪訝《けげん》な顔をした。

「ルーディット様！　また会えるなんて感激です……!!」

「お前、ケント……!?　もう〈竜騎士〉になったのか!?」

今度はルーディットが目を見開いて驚いている。

「って、今はいい。シャルをこんな目に遭わせた相手はどこにいるんだ」

「あ……」

ルーディットの問いに、ケントが言葉を濁す。何か言いづらそうな様子に、私は首を傾《かし》げる。もし〈ルルイエ〉を倒せたのなら、別にそれを正直に言えばいいだけだからだ。

……あ、もしかして逃げられちゃったとか？

「大丈夫。私が吹っ飛んだあとのこと、教えて」

「私が説明しましょう。とはいっても、私たちもどういうことか理解できていませんが……」

説明役に名乗り出たリロイは、苦笑しつつ「あれを」と言って、部屋の奥にある天蓋《てんがい》付きの寝台を指し示した。

白のレースが幾重にも重なった天蓋だけれど、今はチリチリに焦げてしまったり、寝台の一部も破壊されていて、かろうじてベッドの役割を保っているような状態だ。

しかし、そんなことは些末《さまつ》なことだった。なぜなら――

「え、〈ルルイエ〉……？」

壊れかけの寝台で、〈ルルイエ〉が眠っていたからだ。わずかに聞こえる寝息から、生きているのだということがわかる。

「…………え、ちょっと待って？」

どういうことかまったくわからない。

「言ったでしょう？　私たちも理解できていないと」

「な、なるほどですねぇ……」

確かにこれを理解しろと言われても無理だ。

リロイ曰《いわ》く、〈ルルイエ〉は私を吹っ飛ばしてすぐ、『アアアァァアァアァアアアアッ！』と叫び声をあげて倒れたのだという。

「様子がおかしかったこともあって、とどめを刺さずにおきました。シャロンの意見も聞きたかったですから」

「そうですね……」

とはいえ、こんな状況はゲームになかったので、どう判断したらいいのかわからない。

ただ言えるのは、無防備に眠っているだけの幼女にとどめを刺すのはちょっと……という心情くらいだろうか。

さてどうしようかと考えていると、「捕らえました！」と三人の〈聖堂騎士〉が部屋に飛び込んできた。さっきここまで案内してくれた騎士たちだ。

「ああ、ご苦労」

「「「ハッ！」」」

リロイがねぎらいの言葉をかけている。いったい誰を捕らえたのだろうと見ると、彼らの後ろには縛られたロドニーがいた。

「え、ロドニー捕まえてきたの⁉」

「「はい‼　私たちの忠誠は、〈教皇〉ティティア様に‼」」

驚く私を横目に、リロイがロドニーに対する処理を進めていく。ひとまず〈聖騎士〉を数人見張りにつけて、地下牢《ろう》に入れるようだ。

さも当然とばかりに指示を出しているリロイを見て、あのとき騎士たちに言った『ティティア様の役に立つことを証明してください』という言葉は、〈ルルイエ〉までの道案内ではなく、ロドニーの捕縛を意味していたのだと悟った。

「このまま〈ルルイエ〉も牢に入れられたらいいんですが、私たちの目の届かないところにやるのは微妙ですね」

「それは……そうですね。もし目覚めて暴れようものなら、対処ができませんから」

レベルの低い〈聖騎士〉や〈聖堂騎士〉では、あっさり〈ルルイエ〉にやられてしまうだろう。

「ん……」

「「──‼」」

私たちが対応を考えていると、ベッドに寝ていた〈ルルイエ〉が身じろいだ。どうやら目覚めたようで、体を起こして……こちらに顔を向けた。けれど目隠しをしたままなので、その表情を読むのは難しい。

〈ルルイエ〉はゆっくり口を開いた。

「あなたたちが、わたしを助けてくれたのですか？」

「え!?　しゃべ……って、そういえば定形台詞《せりふ》以外の言葉も喋《しゃべ》ってた気がする……」

ルルイエと対峙《たいじ》した前回、ルルイエはモンスターという態度ではなかったように思う。今までボスモンスターの〈ルルイエ〉しか知らなかったけれど、この〈ルルイエ〉――ルルイエは少し違うようだ。

どちらかといえば、天使のように意志を持って動く存在と考える方がいいのかもしれない。

「ええと、助けた……というのは、どうしてそう思ったのでしょう？」

私が慎重に問いかけると、ルルイエは自身の状況について話をしてくれた。

「いつも、ずっと暗い場所に一人でいました。昔は修道院にも人がたくさんいて、楽しかったのですが……」

綺麗《きれい》だった修道院は、いつの間にか〈常世《とこよ》の修道院〉にその姿を変えたそうだ。その変化は、ルルイエにも訪れた。闇の女神だった彼女は堕《お》ち、そのままボスになってしまったのだという。

そしてここにきて、ロドニーが現れた。なぜかルルイエはロドニーの命令に逆らうことができず、ここまでやってきたのだという。頭に黒いモヤがかかったような状態になり、正常な判断ができないまま戦っていたと。

「けれど、そのモヤが晴れたのです。しかしすぐに頭が割れるほど痛くなって――そのあとのことは覚えていないのです」

「……酷い頭痛で気を失ったんでしょうね」

きっと、私を吹っ飛ばしたときだろう。そして、ルルイエの力を増幅しているとばかり思っていた壁の魔法陣は……ルルイエを縛りつける呪いのようなものだったみたいだ。

「私が魔法陣を壊したので、ルルイエを縛っているものがなくなったんだと思います。今は、気分はどうですか？」

「頭はもう痛くなくて、すっきりした気分です。こんな晴れやかな気持ちは、いつぶりかわからないです……」

そう言うと、ルルイエは目隠しを外した。キラキラと宝石のように輝く瞳は美しく、とても純粋に思える。ルルイエの口元は嬉《うれ》しそうに弧を描いていて、やはりすべての元凶はロドニーで、この子は被害者だったのだろう。

ひとまず――一件落着、かな？


クリスタル大聖堂の戦いから一〇日が経《た》った。私は戦いやもろもろの疲れから宿でのんびりしている。

「シャロン、お腹すいた」

くいくいと私のローブの裾を引っ張ってきたのは、ルルイエだ。

ルルイエは、結局あのあともずっと正気を保ったままだったので、いったん私が引き取ることになった。処罰が何もないのは、ルルイエが操られていただけだということと、そもそも闇の女神という存在なので人間の法で裁くのが憚《はばか》られたからだ。

私は〈簡易倉庫〉からできたてのまま保管しておいたサンドイッチのお弁当を出して、ルルイエに食べさせる。ベーコンと野菜がたっぷりで、ボリューム満点。

今までボスモンスターだったルルイエは、すっかり食の美味《おい》しさに目覚めてしまったらしいのだ。美味しそうに、幸せそうにお弁当を食べている。

……ルルイエの件は、とりあえずこれでいいか。しばらく一緒に旅をしてみるのも楽しいかもしれない。


「お茶もどうぞですにゃ」

「タルト……ありがとう。タルトの淹《い》れるお茶、好き。一番美味しい」

「えへへですにゃ〜」

タルトとルルイエの仲も良好だ。


そしてティティア、リロイ、ブリッツ、ミモザたちはクリスタル大聖堂改め——〈ティティア大聖堂〉に無事戻ることができた。

大聖堂の名前もティティアに変更になり、〈教皇〉に返り咲いたのだ。おめでたいね。

——という感じに終われたら、きっとハッピーエンドだったのだろう。しかし今、一番の問題が残っている。

ダダダダッと廊下を走る音が聞こえてすぐ、部屋のドアが勢いよく開いた。

「シャル！　俺もついに〈黒竜〉を倒したぞ！　ケントとココアと三人でだけど！　いやあ、あの〈剣士〉がここまですごい成長を遂げるとは思わなかった！」

「おかえりなさい、お兄様……」

「おかえりなさいですにゃ、ルーディット様！」

めちゃくちゃハイテンションのルーディットが戻ってきた。その後ろには苦笑しているケントとココアもいる。

そしてタルトが予想以上にルーディットに懐《なつ》いている。この脳筋具合を見ても変わらず接しているタルトは女神ではなかろうか。貴族の令嬢だったらもう引いてると思う。

ちなみに、私が実は貴族で、本名がシャーロット・ココリアラだということもみんなに話した。ルーディットの妹だと告げたら、タルトやケントたちにものすごく驚かれた。が、妙に納得されたのが解せぬ。

ルルイエにも「ただいま」と言っているルーディットだけれど、私はそろそろ聞かなければいけないことがある。

「ルーディットお兄様、いつ帰るんですか？」

そう、もうあれから一〇日も経っているのに、ルーディットは一向に帰ろうとする気配がないのだ。いくらなんでも、こんなに長い休暇を取れるはずがない。

私がルーディットをジト目で見ると、「アハハハハ」と乾いた笑い声をあげた。

あ、これ絶対に駄目なやつだ。

「お兄様、きちんと休暇申請をしたんですか？」

「もちろんだ！」

「きちんと日数の申告をしましたか？」

「…………」

問いに黙ってしまったルーディットを見て、私はため息をつく。つまり、向こうではルーディットが帰ってこなくて大変なことになっているのかもしれないのだ。

「あまりお父様とお母様に心配をかけないでくださいね」

「ああ、そうだな」

ルーディットはふっと微笑むと、「仕方ねぇ」と立ち上がった。

「近いうちに一回帰るさ。シャルが元気にしてるって、母上たちに報告しないといけないからな。……ついでに、イグナシア殿下を連れて帰る」

「ああ……。面倒だと思うけど、お願いするわ」

「兄ちゃんに任せとけ」

イグナシア殿下の一件があったこともあって、ルーディットがここまでツィレに滞在する時間を作れたのかもしれない。

「陛下が怒り心頭だったから、連れ帰ったらきっと大変なことになるぞ〜ヒヒヒ」

ルーディットは悪戯《いたずら》が成功した子供みたいな笑い方をしてみせて、「天罰だ！　いや、怒られるくらいじゃ割に合わねぇ！」などとぎゃーぎゃー騒いでいる。

……お兄様ってば、子供っぽいんだから。

思わず恥ずかしさに襲われるが、そもそもルーディットは私がイグナシア殿下に酷い扱いをされたから怒っているわけで。

……やっぱり背中を押すべき？　なんて思ったり思わなかったり。

「ルーディット様はもう国に帰られてしまうんですにゃ？」

「仕事も残してるからなぁ。タルト、今度シャルと一緒に遊びに来い。いつでも歓迎するぜ」

「はいですにゃ！」

タルトは顔をぱあっとほころばせて、「絶対に行きますにゃ！」と返事をする。今からすごく楽しみみたいだ。

そしてルーディットはさらに数日ほど滞在し、ブルームへ帰っていった。

「ん〜、そろそろ次の目標か何か決めようかなぁ」

私は宿のベッドでごろごろしながら、さてどうしようかと考える。ギルドで依頼を受けるのもいいけれど、ほかの街や国に行ってみるのも楽しいはずだ。

……あ、〈聖女〉スキルの検証も進めていかなきゃダメだね。

「思ってたよりやることがいっぱいあるかも」

ただ、調べたいこともある。

「女神フローディアと、闇の女神ルルイエ。それから、天使の存在。何か古い文献があればいいんだけど、どうだろう？」

もしかしたら大聖堂に保管されているかもしれないので、一度リロイあたりに聞いてみるのがいいかもしれない。それでなければ、ほかの国に行ったり、それこそもう一度〈最果ての村エデン〉に行ってみてもいいだろう。

「そうだよね、エデンではゆっくりできなかったし……。きっと、すっごい景色がいっぱいあると思うし」

今度は観光客として行ってみよう、そうしよう。

私はこれからやるべきことや、したいこと、たくさんのことに胸を弾ませる。鼻歌だって歌っちゃう。

「あ、エデンにあるダンジョンも念のため確認した方がいいね」

ただあそこはレベルが高いと思うので、行くタイミングは慎重に決めた方がいいだろう。うっかり死んでしまう可能性だって高い。

そんな風に私があーだこーだ考えていたら、ふいにチャリンという音がした。

「え？」

見ると、以前ティティアからもらった鍵が落ちた音だった。〈鞄《かばん》〉に入れていた鍵が、勝手に落ちるなんてありえない。

「もしかして……この鍵を使えっていうこと？」

うっかり忘れかけていた鍵だったけれど、どうやら次の冒険のキーアイテムみたいだ。……あんまりいい予感はしないけれど。

「まずは、この鍵を使う場所を見つけるところからだね」

私は不安な気持ちとは反対に、ワクワクしながら落ちた鍵を拾った。

エピローグ

クリスタル大聖堂改め、〈ティティア大聖堂〉。

ここ〈エレンツィ神聖国〉のシンボルで、その目の前には聖樹がある。私はもう二度と見ることは叶《かな》わないだろうと思っていたのに、こうしてまた聖樹を見ているのは不思議な気分だ。

私がぼおっと聖樹を眺めていると、「何をしているのですか？」と後ろから声をかけられた。しかし別段何かをしているわけではないので、なんと答えるべきか迷う。が、気づけば正直に口を開いていた。

「ただ眺めていただけです」

「そうなのですか」

「……それより、どうしてこちらに？　ご準備の途中だったと思いますが――ティティア様」

振り向いてティティア様を見ると、「リロイには内緒ですよ」と微笑《ほほえ》んだ。

「内緒なんて無理です。そんなことをしたらどうなることか……」

恐ろしい。

私はティティア様の意向は聞かなかったことにして、すぐにリロイを呼んだ。魔導具で合図をすれば、一瞬で飛んでくる。

「ティティア様！　こんなところにいたのですか!?」

「ああっ、リロイ！」

ほら来た。

リロイは大聖堂の中から走ってきて、ティティア様の無事を確かめている。今日はティティア様が〈教皇〉の地位に返り咲いたことを祝う祈りの日だ。ツィレの街を歩き、最後に祈りを捧《ささ》げるという。


つい先日、私の父――反逆者ロドニーのせいで街に暗雲が立ち込めた。それは人々の記憶にまだ新しく、心の中の不安は大きいだろう。それを少しでも癒《いや》すために、ティティア様が祈りを捧げるのだ。

私も父と同じように処罰されるのだろうと思っていたのだが、まだ生きている。ティティア様が、「ロドニーとオーウェンは別人ですから」と言ってくれたからだ。

……とはいえ、私はそれはよくないと思っている。

父に積極的に協力していたわけではないが、指示に従い動いていたことも事実だ。女神フローディアを始末するように言われて、了承していたのだから。

しかし、ティティア様たちが女神フローディアを倒してしまった。これは、結果だけ見れば同じだ。しかし私は反逆者として倒そうとしていた。

ゆえに私も処罰されるべき人間だと思っている。

「ティティア様、お仕度を終わらせますよ。巫女《みこ》たちが待っています。ティティア様を一番美しく見せるために用意された装飾品です。ああ、今からその神々しいお姿を見るのが楽しみでなりません」

「リロイは大袈裟《おおげさ》ですよ……」

ティティア様とリロイのやりとりを見ながら、処罰した方がいい私の近くにいない方がいいのにと、どうしても思ってしまう。

……なぜ、ティティア様は私がここにいることを許しているのか。

処罰しないにしても、ツィレから別の場所に異動させることは難しくない。それすらしない、ティティア様の意図が私にはわからないのだ。

私がそう考えていると、ティティア様は「〈聖騎士〉を増やしたいと思っています」とリロイに告げた。

「……ティティア様の御心《みこころ》に従いましょう」

「ありがとうございます」

突然のことだが、リロイはそれを受け入れたようだ。確か〈聖騎士〉の見習いが何人かいたはずなので、その内の誰かが任命されるのだろう。

「では、オーウェン。わたしの〈聖騎士〉になってください」

「…………………は？」

まったく予想していなかった言葉を受け、私の体に動揺が走る。

ティティア様に仕える〈聖騎士〉はとても名誉あるもので、なりたい人間は多い。それを差し置いて、なぜ自分が〈聖騎士〉に任命されるのか。

「ありえません、そんなこと」

思ったときには、すでにそう口にしていた。

しかしティティア様は、どこか申し訳なさそうに微笑む。私の望みは一切叶わないのだと、そう言われているような表情だ。

「別に、わたしは慈悲の心ばかりがあるわけではないんですよ。オーウェンを〈聖騎士〉にしようと思っているのは、わたしの打算ですから」

「〈聖騎士〉になれば、ティティア様の命令は絶対です。あなたには〈聖騎士〉になったらすぐ、ティティア様に危害を加えないという命《めい》を受けてもらいます」

ティティア様の意図がわからなかったが、リロイの説明を受けて理解した。ティティア様は打算と口にされたけれど、これが打算ならば可愛《かわい》いものだ。

確かに私を処罰せず生かしておくのならば、絶対に危害を加えられないという保証を得るのが、ティティア様にとって一番大切なことだ。もちろん私にティティア様を害する意志はないが、それを確かめる術《すべ》はない。

私はすぐさまティティア様の前に跪《ひざまず》いた。

「……ありがとうございます、オーウェン。あなたをわたしの〈聖騎士〉に任命し、わたしへ危害を加えないよう命じます」

「このオーウェン、心からティティア様にお仕えさせていただきます」

誓いを口にした瞬間、私の体がわずかに光る。〈聖騎士〉になれたことを瞬間的に理解し、思わず息を呑《の》む。

……こんな一瞬で〈聖騎士〉になれるのか。

もっと時間がかかったり、複雑な手間があったりするものだと思っていた。こんなに簡単に、自分の命令に忠実な〈聖騎士〉を任命できるのであれば、もっと増やせばいいものを——そう思い、しかし私は首を横に振る。むやみやたらに任命しないからこそ、ティティア様が〈教皇〉なのだろうと思ったからだ。

「これからよろしくお願いしますね、オーウェン。しばらくはリロイの指示に従ってください」

「かしこまりました」

私が頷《うなず》くと、リロイがパン！　と手を叩《たた》いた。

「それでは、ティティア様はお仕度にお戻りください。私はオーウェンに指示をしてから戻ります」

「わかりました」

ティティア様が頷くと、〈聖騎士〉のブリッツとミモザがやってきた。この二人は、最近ずっとティティア様の護衛として側《そば》についている。

女神フローディアとの戦いを見たが、この二人の強さは私やほかの〈聖騎士〉とは別次元だ。どんな敵が攻めてきたとしても、必ずティティア様を守りぬいてくれるだろう。

三人を見送ると、私とリロイだけが残った。

私は小さく深呼吸をして、リロイを見る。リロイはきっと、ティティア様と敵対していた私のことを殺したいほど憎んでいると思う。が、ティティア様がいる手前、それを口にすることはないのだろう。

「リロイ、どうぞ私に指示を。この命に代えてでも遂行してみせます」

「……まったく。何を考えているか知りませんが、命をかける必要はありません。ティティア様の慈悲の心を否定するつもりですか？」

「いえ……」

ティティア様に救われた私は、自分の命を軽く扱うとティティア様を同様の扱いにしたということになるようだ。

「では、私は何をすればいいのですか？」

「ティティア様が教皇として返り咲いたのですから、危険などありません。もちろん、もうロドニーに心酔していた〈聖堂騎士〉もいないでしょう？」

「――ええ」

リロイの問いに、私は頷く。父についていた〈聖堂騎士〉たちのほとんどにあったのは忠誠心ではなく、給金が与えられるかどうか、というものだ。なので、そういった者たちは教皇がティティア様でも、父でも、どちらでもいいのだ。しかし、一部――ほんのわずかではあるが、確かに父に心酔している者もいたはずだ。

……なるほど、私の仕事はそれか。

息子の私が話を持ちかければ、油断してくれるはずだ。リロイは私に、父に心酔していた〈聖堂騎士〉を洗い出して始末してほしいのだろう。

建前上、そんな〈聖堂騎士〉がいてはティティア様の名前に傷がつく。私は誰にも気づかれないよう、水面下でこの任務を行っていかなければならない。

……さっそく、本日から取りかかろう。

「では、私はそろそろ行きます。ティティア様についていなければいけませんから」

「わかりました。私は外から祈りを見させていただきます」

「それがいいでしょう」

リロイは頷くと、大聖堂の中へ入っていった。

私は大通りを歩きながら、街の様子をうかがう。街の治安を守るために何人もの〈聖堂騎士〉が巡回している。この中から父に心酔している者をすべて洗い出すのは骨が折れそうだ。

ふいに〈ティティア大聖堂〉から一筋の光が天に伸び、それがはじけて街へ――〈エレンツィ神聖国〉に降り注ぐ。その光は小さな癒しの力を秘めていて、傷ついた人々を救う。ティティア様の祈りが始まったようだ。

——父に傷つけられた者たちが、多少でも救われたらいいのですが。

私がそんなことを考えていると、「ルルイエ、迷子になっちゃうからふらふらしないで〜！」という声が聞こえてきて、私の心臓がビクッと跳ねる。声のした方を見ると、闇の女神ルルイエと、シャロン、タルトの三人の姿があった。

「……あ！　オーウェンさん！」

私が見ていたからか、シャロンに気づかれてしまった。もう会うことはないだろうと思っていたが、こんな偶然もあるのかと苦笑する。

「先日はありがとうございました。私は〈聖騎士〉になり、ティティア様のために生きることを決めました」

「えっ!?」

「にゃっ!?」

「……？」

シャロンたちは、父の陰謀に巻き込んでしまった被害者だ。私から誠心誠意、謝りたいと思っていた。

「ロドニー——父が、ご迷惑をおかけしました。申し訳ありません」

私が深々と頭を下げると、シャロンは「そんなこと！」と慌てた様子を見せる。

「もう終わったことですし、気にしてないですよ。ティー……ティティア様がオーウェンさんを

〈聖騎士〉にしたのなら、それがすべてじゃないですか」

恨みなんてまったくないような表情で、シャロンが微笑む。思わずドキリとしつつも、そういえばと私は一緒にいるルルイエのことを見る。

……父があれほど執着していた、闇の女神か。

外見は七歳くらいの女の子だ。無邪気な表情で、キョロキョロしている。本日は屋台などが普段より多く出ているので、街を見るだけでも楽しいはずだ。

「ルルイエ様を解き放ったのは父だというのに、あなたがたに面倒を押しつけてしまい……」

「もう、そんなことないですよ。それに、ルルイエと一緒にいるのは楽しいですから」

「楽しい、ですか？」

そんな基準で考えたことがなかったので、不思議に思いつつも先を促す。

「ルルイエが一緒だったら、一般人が行けないようなすごい場所に行けそうじゃありませんか⁉」

食い気味で応えてきたシャロンに、思わず「そうですね」と同意してしまう。だが、一般人が行けない場所とはどこだろうか。

……たとえば、ルルイエのいたダンジョンのような場所か？

それは確かにちょっと楽しいかもしれない。しかし私が行けたとしても、モンスターに瞬殺されるのがオチだろう。

「土産話を楽しみにしています。……私にできることならなんでも協力しますので、困ったときはいつでも声をかけてください」

「ありがとうございます」

シャロンが私の申し出に笑顔で頷いてくれたので、ほんとうにごくわずかだけれど……肩の荷が下りたような気がした。

「って、ルルイエ！　お店のものを勝手に食べるのは駄目だからね!?　ごめんなさい、オーウェンさん。私たちはもう行きますね！」

「引き留めてすみませんでした。どうぞ、お祭りを楽しんでください」

「はい！」

飲食の屋台を楽しそうに見るルルイエを見て、父の思い描く未来が今のような光景だったなら——と、思わずにはいられなかった。

「……私も仕事に戻りますか」

女神フローディアはいなくなったけれど、これからはティティア様がこの国を支えてくださるだろう。

その未来が、私はとても楽しみだ——。

番外編　可愛い妹　ルーディット・ココリアラ

「うわあああぁぁぁっ、くそっ、俺をこんな目に遭わせていいと思ってるのか!?」

相棒のドラゴン――マッハが飛ぶ音に紛れて、叫ぶ声が聞こえてきた。マッハの腹にロープでくくりつけた男――シャルの元婚約者の王太子を睨《にら》みつける。すると、ビクッと震えて縮こまった。

「降りたいなら、別にロープを切ってもいいんだぜ？」

ただし俺たちが今いるところは上空だから、地面に落ちたら即死だろう。それでいいなら、俺はいつだって言う通りにしてやる。

「――っ！　お、落とすんじゃないっ!!」

「ルーディット様、それだけは……!!　イグナシア様が死んでしまいます!!」

「はー、やれやれ……」

こんなのがシャルと結婚しなくてよかったと、俺は心の底から安堵《あんど》した。そして止めるように懇願してきたのは、王太子の浮気相手のエミリアという女だ。本当は嫌だが、仕方がないのでマッハの背中に乗せている。

二人とも憔悴《しょうすい》しているくせに、口だけはぎゃーぎゃー動かすからダルい。

俺はシャルを捜すため〈エレンツィ神聖国〉に来ていたのだけれど、王太子を見つけたら回収するという仕事もあった。〈ファーブルム王国〉もさすがにこれ以上、放置しておくわけにはいかないと判断したのだろう。

正直、王太子が見つからなければ俺はもう少しシャルと一緒にいることができたんじゃ……と思わなくもないが、こいつが近くにいるだけでシャルのストレスになるだろうから、連れて帰るしかなかった。

そして久しぶりに会ったシャルは、信じられないほどたくましくなっていた。

……お兄ちゃんとして、妹をもっと守りたかったんだけどなぁ。

今までは家で勉強することがほとんどで、外出といえば夜会か茶会。しかも夜会は王太子が一緒ときたもんだから、ただただ疲労が増すだけだったはずだ。しかも最後の夜会は、王太子がシャルを侮辱したあげくに婚約破棄、国外追放ときたもんだ。

「なあ、王太子。やっぱムカつくから落としていいか？」

「はっ!?　何を言ってるんだ!!　これだけでも不敬だというのに、落とす!?　死刑にでもなりたいのか!!」

王太子は俺の言葉に焦って、馬鹿なことばかりを口にする。

……シャルは毎回こんなのの相手をしていたのか。俺だったら三秒でキレて殴ってそうだ。やっぱり俺の妹は心が広くて可愛《かわい》くて慈愛に満ちてるな……。

すると、後ろからキンキン声が聞こえてくる。

「あなた、騎士でしょう!?　イグナシア様は王族で、あなたは部下じゃない！」

「そう言われても、俺は別に王太子の直属じゃないから……。助けてやってるだけでも感謝してもらいたいくらいだが？」

「助ける……？　この宙ぶらりんの状態が!?」

王太子の浮気相手が馬鹿だということは知っていたが、どうやら救いようがないみたいだ。

「ファーブルムとエレンツィは敵対してるんだ。そこに身分を隠して長期滞在するのも問題だが……今回はお前が大聖堂に関わった。お前こそ、今、自分の命があることを最大限感謝すべきだ」

「――っ！」

俺の言葉を聞いた浮気相手は、ひゅっと息を呑《の》んだ。そしてカタカタと震えだして、両手で自分の体を抱きしめている。

「だ、だって……あんなの、わたくしは知らなかったもの。ただ〈聖女〉になりたかっただけなのに……っ！」

「〈聖女〉ねえ……」

それはお伽噺《とぎばなし》に出てくる職業《ジョブ》で、実際に〈聖女〉がいるというのは聞いたことがない。一時は、エレンツィにいる教皇が〈聖女〉なのでは？　という話が出たこともあったが、それは全面的に否定されていた。

「なのに、シャーロット様が〈聖女〉になるなんて……！」

「は!?」

今、とてつもなく聞き捨てならない情報が出てきた。

「なんだって？　シャルが〈聖女〉になった？　どういうことだ？」

俺はマッハの速度をゆるめて、浮気相手に問いかける。

シャルが強くなっているというのは感じていたが、職業《ジョブ》が変わっているとは思ってもみなかった。

俺が助けてやらないと、まだまだだと思っていたが――。

「わ、わたくしだって詳しくはわからないわよ！　攻撃されて、死にかけたし……」

「いや、お前のことはどうでもいいから。シャルのことを話せ」

「～～っ！　わたくしは何も知りません!!」

浮気相手は何も言うことはないとばかりに、そっぽを向いた。が、たぶんこいつは本当に何も知らないんだろうなぁとも思う。居合わせはしたが事情は知らない、そんな雰囲気をひしひしと感じた。

は～～、やっぱり落ち着いたらもう一回シャルに会いに行くしかないな。俺はそう思いながら、マッハの速度を上げて帰路を急ぐ。王太子の叫び声がでかくなった気がしたけれど、それには気づかなかったふりをした。


「ルディ、帰ったか!!」

「おかえりなさい、ルディ」

家に戻ると、すぐに父上と母上が出迎えてくれた。その顔には『シャルの話！』とわかりやすく書かれている。

「さあ、お茶を用意しているわ。いらっしゃい」

母上は挨拶もそこそこに、部屋へと向かう。父上の足取りも軽やかで、二人がシャルの話を楽しみにしていることがよくわかった。


紅茶を一口飲んだ俺は、さて何から話すかなと考える。シャルが成長していたこともそうだが、仲間に恵まれていることも話したい。

ああ、そういえば――

「父上は、騎士団に来たケントという少年の話は知っていますか？」

「ん？　なんだ突然……。確か、転職しに来た子供だろう？　お前が取り計らったと聞いたぞ、ルディ。騎士団の鍛錬に交ざっていたそうだな。なかなか筋が良いと騎士たちが話しているのを聞いたが……」

それがなんだ？　と父上が首を傾《かし》げる。

「実はそのケントが、シャルの仲間だったんだよ」

「なんだとっ!?」

あまりに衝撃だったのか、父上はガタッと音を立てて立ち上がり――項垂《うなだ》れた。きっと身近にシャルの手掛かりがあったのに、それに気づけなかったことが悔しいのだろう。

……というか、俺だってまったく気づかなかったしな。

「もっとこまめに顔を出しておくべきだったか……。しかし、転職とはすごいな。シャルの仲間は頼りになる人物のようだが……男か……」

「ああ、それは大丈夫だ。ケントの隣には、ココアっていう彼女がいたから」

「そうか！」

父上があからさまにホッとした顔をしたので、俺は思わず笑う。そしてもう一つ、そのケントの重大報告がある。

「〈騎士〉に転職したケントだけど、もう〈竜騎士〉になってるんだ」

「は……!?」

「もう〈竜騎士〉に……!?　騎士に特化したこの国でも、覚醒職は数えるほどしかいないというのに……」

二人とも目を見開いて驚いている。そうだろう。俺もめちゃくちゃ驚いたからな。

「ケントとココアと三人で狩りに行ってきたんだが、あの二人の実力はすごいもんだったぜ」

「お前が手放しで褒めるなんて、よほどすごかったか」

「ああ」

俺は頷《うなず》いて、二人と一緒に〈ドラゴンの寝床〉に行ったときのことを話した。

ヒュオオと鋭い風の音とともに、ドラゴンたちが空を飛ぶ音が聞こえてくる。〈ワイバーン〉なんて可愛い代物ではなく、本物のドラゴンがここにはいた。

最奥に〈黒竜〉がいるとされるダンジョンなんて、絵本の中の世界だとばかり思っていたが……この目で見ることになるとは。

「前衛二人、後衛が一人……。支援がいないから、防御に注意して狩りをしないとな」

「うん。一応、私が支援スキルも使えるからサポートもするね。ただ、回復量はそんなに多くないから注意してね」

「おう！」

ケントとココアは狩りに慣れているみたいで、さくさく話を進めていく。事前の情報共有はとても大事なので、それをさらっとこなす二人が優秀なのは一目瞭然だ。

「それじゃあ、支援をかけますね。〈祈りの声は祝福になり、大地に息吹をもたらすでしょう♪〉」

ココアの歌で、自分の身体能力が上がったことがわかる。

「この歌は三〇分間継続されます」

「〈歌魔法師《ソングマジシャン》〉には初めて会ったが、すごいな」

「あ、ありがとうございます！　ルーディット様にそう言っていただけると、嬉《うれ》しいです」

仲間にいると、とても頼もしいと思う。

それから、タルトにもらったポーションを飲む。〈咆哮《ほうこう》ポーション〉だ。これを飲むと攻撃力が上がるというから驚きだ。こんなすごいポーションは、ファーブルムでも見たことはない。

……シャルの周りには規格外の人間しかいないのか？

「んじゃ、いきますよ！〈挑発〉!!」

ケントがスキルを使い、近くにいたドラゴンの気を引いた。すぐにこちらにやってきたのを見て、俺はすかさず一撃を入れるが――浅い。

しかも、少し先から追加でドラゴン二匹がこちらに向かってきている。これは早く倒さないとやばそうだ……！

「〈嘆きの竜の一撃《ドラゴンランス》〉!!」

俺の一撃が見事に決まるが、これだけで倒せるほどドラゴンは甘くない。すると、後ろから攻撃魔法が飛んできてドラゴンに大ダメージを与えた。ココアだ、そしてすかさずケントが叫ぶ。

「うっし、とどめだ！〈竜の咆哮《ドラゴンブレス》〉!!」

俺、ココアに続きケントの一撃が決まると、ドラゴンは光の粒子になって消えた。その場に残ったのは、〈ドラゴンの鱗《うろこ》〉だ。

……これ一つで、ものすごい値がつくだろうな。

そんなことを考えていたら、ケントの「〈挑発〉！」という声が聞こえてきた。そういえばドラゴンがあと二匹こっちに向かってきてたはずだ。俺は武器を握りしめ、前を見る。

「って、さらに二匹追加されてるじゃねえか！」

思わず叫んでしまったが、仕方がない。複数のドラゴンと戦うことなんて、基本的に長い人生の中で一度もないことの方が多いのだから。

「マッハ、来い！」

俺はマッハを召喚してその背に飛び乗り、向かってくるドラゴン目がけて指示を出す。

「〈竜の叫び〉だ、マッハ！」

『グルオオオォォォッ!!』

マッハが吠《ほ》え、その口から輝く光線を放つ。これはマッハが使える最強の技で、いくつもの死線を一緒に乗り越えてきた。

「うわあぁぁ、すっげぇ!!」

ケントが目をキラキラさせて、俺とマッハを見ている。まあ、〈竜騎士〉の醍醐味《だいごみ》といえば、相棒との連携だからな。

「まだ生きてます！　〈一、十、百、千――幾重にも織りなす無限の糸よ、彼《か》の翼を縛りその体に鉄槌《てっつい》を落とせ〉」

ココアが使ったスキルは、ドラゴンたちを縛り上げ、その上に鉄槌を落とすというものだった。がっちり縛られて動けなくなったドラゴンを見て、この少女にこんなにも力があるのかと思わず息を呑んだ。

ドラゴンは光の粒子になって消え、いくつかのドロップアイテムが残る。

……すごいな、いつもこんな戦いをしてるのか。

ケントがドロップアイテムを拾いながら、「そういえば」とこっちを向いた。

「今日はどれくらい狩りましょう？　〈黒竜〉に挑戦しますか？」

「……〈黒竜〉、に？」

まったく予想していなかった言葉に、俺は唖然《あぜん》とする。

〈黒竜〉といえば、お伽噺に出てくる強いドラゴンだ。そうやすやすと挑戦する相手ではないし、そもそも人間が勝てるのかも疑わしい。

――っていうのに、ケントは簡単そうに言うな。

俺がそんなことを考えていると、「ケント、それはちょっと……」とココアからストップがかかる。

普段から、相方《ケント》の無茶を止める役目をしてるんだろう。

「私たちは今日初めて一緒に狩りをしたばっかりで、回復支援だっていないんだよ。さすがにもうちょっと慣れて、明日以降とかにしないと無理だよ」

ストップどころか完全なダメ出しで笑う。

「いいじゃねえか、〈黒竜〉！　倒してやろうぜ!!」

俺は一線で活躍する〈竜騎士〉だ。ダンジョンボスが怖くて騎士がやってられるか。俺が今日にでも行こうと提案すると、ケントは「はい！」と嬉しそうに頷いた。

俺の話を聞いた両親が、ひゅっと息を呑んだ。

「お前は無茶ばかりすると思っていたが、まさか〈黒竜〉に手を出すとは……」

「無事で何よりです。酷《ひど》い怪我《けが》がないということは、すぐに撤退したか、治療を受けたということかしら？」

「いや、倒したぜ？」

「「え……」」

二人とも、俺が逃げ帰ったと思ったようだ。笑いながら、俺はもう一度「倒した」と口にする。

「一回目の挑戦じゃ無理だったけどさ、ケントたちとレベルを上げて、もう一回挑んだらいけた」

「さすがは我が息子……!!」

「鼻が高いわ！」

二人はあっさり信じて、手放しで喜んでくれる。そしてシャルのパーティメンバーがいかに優秀で頼もしいかわかり、満足そうに頷く。

「シャルが心配なさそうなのは嬉しいが、やはり会えないのは悲しいな……」

「一応、遊びに来るように言っといたから……そのうちみんなで来るかもしれないぞ？」

「本当か!?」

「よくやりました、ルディ。いつシャルとその仲間が来てもいいように、部屋を用意しておかなければね」

父上が嬉しそうだけれど、それ以上に母上が嬉しそうだ。可愛い娘なのだから、会いたい気持ちはよくわかる。

母上は紅茶を飲んで気持ちを落ち着かせて、「ほかにはないの?」とシャルの話を強請《ゆす》ってくる。

もちろん、話したいことはたくさんある、

「最初に見たときは驚いたんだが、シャルにケットシーの弟子がいたぜ。まだ小さい女の子で、シャルを尊敬してるみたいだったな。礼儀正しかったから、母上も気に入るんじゃないか?」

「まあ! それは会うのがますます楽しみですね」

母上の浮かれ具合を見ると、可愛い子供用のドレスも用意しておくに違いない。

「あとは、そうだな……。シャルと一緒に街にも行って……」

ツィレでシャルとどんなことをしたかとか、元気そうだとか、笑顔が多くなっているとか、そんな話をしていたらあっという間に夜中になってしまった。

暗くなった窓の外を見て、また何かあれば必ずシャルを助けに向かおう。俺はそう思いながら、もう少しだけ両親にシャルの話をした。

番外編　〈製薬〉のお時間　タルト

目の前に積まれたドラゴンの素材を見て、思わず「にゃぁ〜ん」と感嘆の息を漏らしてしまいましたにゃ。〈ドラゴンの寝床〉で出たドロップアイテムは、どれも市場に出回らない貴重な代物なんですにゃ。

今日はこれで新しいポーションを作りますにゃ！

「タルト、わたしも手伝います」

「ティー！　でも、疲れてるんじゃないですにゃ？」

「わたしは前衛ではないので、ケントたちほど疲れてはいないですよ」

そう言って、ティーはちらりとテントを見たにゃ。ケントのいびきが聞こえてきて、一瞬で熟睡してしまったことがわかるにゃ。

……お疲れ様ですにゃ。

「やっぱり前衛は大変ですにゃ……。それに、指示を出してるお師匠さまもですにゃ。みんなみんな、すごいですにゃ」

「シャロンのパーティは、みんなすごいです。もちろん、タルトも」

ティーが微笑《ほほえ》んで、わたしを褒めてくれますにゃ。〈教皇〉のティーだってすごいのに、いつも周りを気遣ってくれるのですにゃ。

「ありがとうですにゃ。ティーもとってもすごいんですにゃ」

「ふふっ、ありがとう、タルト」

二人でお礼を言い合って、一緒にポーションを作ることにしましたにゃ。

みんな寝ているけれど、リロイだけは起きていて、ちょっと離れたところから見張りをしつつ見守ってくれていますにゃ。


ポーションを作るには、〈錬金術師〉の〈製薬〉スキルを使いますにゃ。道具は〈上級調合鍋〉〈よく燃える火種〉〈リュディアの若芽の混ぜ棒〉の三つにゃ。お師匠さまに買ってもらったわたしの宝物にゃ。

「錬金術の道具は、いつ見てもワクワクしてしまいますね。これからポーションができるなんて、不思議な感じです」

「それは、わたしも前々から思っていたんですにゃ」

スキルというのはとっても不思議ですにゃ。材料を入れただけで、簡単に作れてしまうのにゃ。とってもとっても不思議で、便利で、楽しくて、ワクワクしちゃうのにゃ。

わたしは〈中級錬金ブック〉を取り出して、材料を確認するにゃ。この本には〈製薬〉でできるいろいろなものが載っていて、今から作る〈咆哮《ほうこう》ポーション〉の材料も載っているのにゃ。

「わあ、こんなにたくさんのものが作れるんですね」

開いたページをティーが覗《のぞ》き込んできて、目をキラキラさせているにゃ。

「わかりますにゃ。わたしも、この本はずっと読んでいられるのですにゃ。買ってもらったときは、よく夜更かしをしてお師匠さまに怒られちゃったんですにゃ……」

読みたい気持ちはものすごくわかるけど、駄目！　と言われてしまったことを思い出したのにゃ。本は逃げないから大丈夫だよと、そう言ってくれたのにゃ。

わたしが耳をぺたりと垂らしながらその話をすると、ティーも「すごくわかります」と同意してくれたにゃ。

「本は続きが気になってしまいますよね。わたしもよく、続きが気になってしまって……何度もベッドに本を持ち込んだことがあります」

「おんなじですにゃ！」

「わたしたち、似ているのかもしれませんね」

二人でクスクス笑って、頷《うなず》きあうにゃ。

わたしは本をペラペラめくっていって、今から作るポーションのページをティーに見せたにゃ。

「これが今から作るポーションなんですね。すごい、ドラゴンの素材をこんなにたくさん使うなんて……」

「びっくりしちゃいますにゃ」

〈咆哮ポーション〉の材料は、〈ドラゴンの生き血〉〈ドラゴンの牙〉〈ドラゴンの鱗《うろこ》〉〈火の花〉の四つですにゃ。ドラゴンの素材の三種類は、今日の狩りのドロップ品を使うのにゃ。〈火の花〉

はお師匠さまが持っていたので、それを使っていいとくれましたにゃ。

火をつけて、鍋に材料を入れて、混ぜていくにゃ。途中でピカッと光ったら次の素材を入れる合図なので、ティーが入れてくれるのにゃ。

ぐるぐるぐるぐる、混ぜていくと鍋の底に小瓶が一つ残ったのにゃ。

「成功ですにゃ！」

「わあっ！」

鍋の底から取り出してみると、ドラゴンの瓶ができていて、中には赤い液体が入っていたにゃ。

なんだかとっても強そうにゃ！

「ドラゴンの形の瓶なんですね。なんだか格好いいです」

「ケントが喜びそうですにゃ」

「確かに喜びそうですね！」

わたしの言葉に、ティーがクスリと笑って同意してくれたにゃ。

「じゃんじゃん作りましょうにゃ！」

「はい！」

それからわたしたちは、材料がある分だけポーションを作ったにゃ。このポーションは今後も使うので、いくつあってもいいとお師匠さまが言っていたのにゃ。

……でも、今日も問題なくドラゴンを狩れたのに、そんなに必要なのにゃ？

そう思ったけれど、きっとお師匠さまにはすごい計画があるに違いないのにゃ。わたしは信じてついていって、一生懸命お師匠さまをサポートするだけですにゃ。

わたしとティーは二人でポーションを作って、ちょっとだけ夜更かしをしてお喋《しゃべ》りをして、眠ったのにゃ。

〈製薬〉をするたびに、〈錬金術師〉の腕前が上がっていっているような気がしますにゃ。いや、きっと上がっていますにゃ！

わたしは〈冒険の腕輪〉でこっそりスキルを確認するにゃ。ドラゴンを狩ってレベルもたくさん上がって、すっごく強くなったのにゃ。

……お姉ちゃんにも、自慢したいのにゃ。

明日も頑張るのにゃ〜！

基本情報

名前 タルト

種族 ケットシー

レベル 83

職業 錬金術師

製薬のエキスパート
回復、攻撃、両方のポーションを作ることができる頼もしい存在

スキル

◆ 創造の卵
稀に〈製薬〉で使える素材がドロップする

製薬 レベル10
ポーション類を作ることができる

ポーション投げ レベル5
ポーション類を投げて敵を攻撃する

◆ 素材理解 レベル10
素材の理解を深め〈製薬〉の質を高める

◆ 知識欲 レベル10
〈製薬〉時の完成アイテム数が増える

分解 レベル5
アイテムや素材を分解できる

再構築 レベル10
素材をかけあわせて素材を作り直す

星の天秤 レベル10
〈星の欠片〉と同じ価値の素材を得られる

マナ増加 レベル10
自身のマナが向上する

体力増加 レベル9
自身の体力が向上する

装備

頭 六芒星の加護
物理防御 3%増加

胴体 可憐なお嬢様のワンピース
体力 5%増加

右手 鉄の鈍器《メイス》
鉄で作られたシンプルなメイス

左手 -----------

アクセサリー 冒険の腕輪
システムメニュー使用可

アクセサリー お父様の形見のチョーカー
物理防御 5%増加

靴 可憐なお嬢様の靴下
自然治癒力 3%増加

可憐なワンピースシリーズ(3点)
体力 15%増加
自然治癒力 5%増加

番外編 マルイルの日常　マルイル

――今日、自分の人生が終わるかもしれない。

僕はいつもそんなことを考えながら、一日を始める。研究のために、世界中のどこにでも行く僕は、何度も危険な場所に足を踏み入れた。死にそうなことも多々あった。それでも今日、生きていられるのは女神フローディアの思《おぼ》し召しだろう。


シャロンたちと別れた後、僕はやっと辿《たど》り着いた〈最果ての村エデン〉に胸をときめかせていた。

「本当に来られるとは……!!　ああ、女神――いや、シャロンたちに感謝です!!」

一人エデンに向かっていた僕は、〈眠りの火山〉で倒れてしまった。ここで息絶えるのかと思っていたが、運命は僕を見捨てなかった。通りがかりのシャロンたちに助けてもらい、無事にエデンへ来ることができたのだ。

エデンに来た後は、シャロンたちと別れて一人に戻った。

「エデンの周囲は少し草原があるだけで、もう海なのか……」

しかも南に行くと雪原になっていて、出てくるモンスターも強いようだ。エデンのことを研究するには、村の中と、少し先に見える島に行くのがいいのだろう。

村の中を歩いていると、貸本屋を見つけた。

「何か古い資料があるかもしれない！」

僕の足はふらりと貸本屋へと向かう。中に入ると紙とインクの――歴史の匂いがしてきた。これはきっと、いい資料があるに違いない！　いったいどんな本があるのだろうと、僕は本棚を食い入るように見る。すると、奥から店主が出てきた。

「おや……見ない顔だね。よそから来た人かい？」

「はい！　研究員をしているマルイルといいます。何か、エデンに伝わる記録などを知ることができればと思ったのですが……」

「うちの村の歴史か……」

店主は「あれがいいか？」と言いながら、一冊の本を取り出した。資料かと思っていたが、童話のようだ。

「これは……？」

「この村ができた時の話だ。とはいっても、童話だけどなぁ。この村ができた当時のことは資料がなくてね」

「なるほど……」

この村がいつできたのかを、村人も知らないようだ。

「確かにこの村は、古代遺跡のような不思議な造りになっていますからね。むしろ、遺跡に続く道などはないのですか？」

渡された童話をめくりながらそう問いかけると、店主は「ない」と答えた。

「確かに、どこかに続く道があるんじゃないかって話は定期的にあがるよ。だが、奥に行っても行き止まりになって、結局何も見つかりはしないんだ」

「そうなんですか……」

村の人たちが総出で調べて何もないのであれば、本当に何もないか……前提となる別の要素が必要と考えるのが妥当だろうか。

……もしかしたら、そのヒントがこの童話にあるかもしれない。

童話には、この村には以前、女神フローディアが暮らしていたと書かれている。なるほど、確かにこれは童話だ。

「女神が暮らした村なんて――」

そう思って、その考えを否定する。シャロンたちと一緒に天使ちゃんがいたからだ。天使ちゃんがいるのだから、きっと女神もいるだろう。

「この本、いただけますか!?」

隅々まで読まなければ!!

「いや、うちは貸本屋だから……」

「あ……」

そうでした。うっかりしていました。

「では、借りていきます！」

「はいよ。貸出期間は一〇日だから、忘れないように頼むよ」

「わかりました」

借りた本を持って、貸本屋を出る。急いでこの本を隅々まで読んで、研究しなければ。エデンの滞在は、長くなりそうだ――！

番外編　冷たい場所　ロドニー・ハーバス

薄暗さと、かびた匂いと、体の痛み。そのすべてが儂《わし》から生きる気力を奪っていくのがわかる。

「なぜ……儂が、こ……な、目に……」

喉がかれていて、まともに喋《しゃべ》ることもできない。

もう少しで、ルルイエ様と共に、儂がこの〈エレンツィ神聖国〉の教皇としての揺るぎない地位を得るはずだったというのに……！

ティティアなどという小娘なんて、〈聖堂騎士〉と大多数の〈聖騎士〉がいなければなんとでもなると思っていた。なのに、なぜあんなにも強い者たちが小娘の周りに集まるのか!!

しかも儂を捕まえにきたのは、儂についていたはずの〈聖堂騎士〉たちだった。あいつらは、教皇の儂を裏切り、あの小娘についたのだ。

「金は、今ま……で、以上に、ごほっ」

いったい何が不満だったのか。

ああ、すべて嘘《うそ》だと言ってくれ。手首にはまった鎖の冷たさを感じながら、体を休めるために目を閉じた。

しばらくすると、ギィ……と扉の開く音が聞こえた。また、儂から情報を引き出すためにやってきた騎士の誰かだろう。そう思って顔も上げなかったが、耳慣れた声に目を見開いた。

「お久しぶりです」

「……っ、オー、ウェン!!」

来たのは騎士ではなく、我が息子だった!!

「よ、……やった。すぐ、儂を……出せっ!」

すぐにここを出て、クリスタル大聖堂を取り戻さねばならない。きっとルルイエ様も捕らえられているだろうが、それさえ解放してしまえば大丈夫だろう。

この牢屋《ろうや》にはルルイエ様がいないから、オーウェンに指示を出して調べさせる必要がある。早くルルイエ様を解放し、儂を助けさせねばならぬ。今度は、儂からルルイエ様を離すような馬鹿なことはしない。ルルイエ様の側《そば》にいるのが、一番安全なのだ。

――騎士たちの忠誠なぞ、まったくあてにならん!!

儂がそう考えていると、「無理ですよ」と冷めたオーウェンの声が耳に届いた。見ると、普段とは違う冷たい表情をしている。

「オーウェ、ン?」

そしてふと気づく。

「おま、え……その服、は……」

いつも着ている法衣ではない。

それでは、まるで――

「私はティティア様の〈聖騎士〉になったのです」

「――っ！　裏切った……か、オーウェ、げほっ……っ!!」

反射的に叫ぶと喉が切れたのか、奥に血の味を感じた。しかし今はそれどころではない。息子が裏切っていたなど……どういうことだ。

「裏切ってなどいません」

オーウェンの言葉に、儂は感情的になった自分を落ち着かせる。今すぐに儂を牢から出すのが難しいだけなのだろう。そして、〈聖騎士〉の服は、敵を欺くために着ているだけなのだろう。そうだ、オーウェンは賢い。そうに違いない。

「私は今まであなたの命《めい》に従ってはいましたが、別にそれは父だからとか、忠誠心があるとかではなく、単に上司だったからです」

「は……？」

「今は、私は本当にティティア様の忠実な〈聖騎士〉です。父――いえ、ロドニー。早くルルイエに至った道のりをすべて話してください。そうすれば楽になれますから」

「何を……！」

無情なオーウェンの言葉に、儂は唇を噛《か》みしめた。まさか息子に、こんな屈辱的な目に遭わせられるとは思わなかったぞ!!

オーウェンに食ってかかろうとすると、ジャラリと鎖の重い音がする。忌々《いまいま》しい、儂はすぐそこにいる裏切り者を殴ることすらできないのか！

「……どうやら気持ちが高ぶっているようで、話をするのは無理そうですね」

オーウェンは「また来ます」と言うと、牢を出ていった。あんな息子の顔なぞ、もう二度と見たくはない。

儂が見たいのは、ルルイエ様の顔だけだ。

教皇の周りにあんなに強い者たちがいなければ、儂の計画は完璧だったはずなのだ。ああ、やはり女神フローディアなど、いなかったのだ。

「女神ルルイエ様、あなたがいればこの国は儂の思い通りになったはずなのに――」

しかし儂の声は、ただ冷たい牢屋に響いただけだった。

髪や服につけられた装飾品がシャラシャラと音を立てて、わたしの存在をより一層大きくする。

周囲には〈エレンツィ神聖国〉の国民たちが勢ぞろいし、その視線は歩いているだけのわたしに釘《くぎ》付《づ》けになっている。

……わたしが姿を現すことは、ほとんどありませんでしたからね。

今回、わたしが姿を見せたのは、国民に〈教皇〉という存在をより身近に感じていただくためです。リロイが準備にはりきっていて、あっという間に段取りが整ってしまったのです。

ツィレの大通りを歩きながら、集まってくれた人の顔を見ます。ロドニーのせいで不安に思っていた人が多かったこともあり、安堵《あんど》の色を浮かべている人がほとんどです。

そして、声が聞こえてきます。子供たちと、その保護者でしょうか。母親らしき人が一緒に話しています。

「あの人が教皇様なの？」

「とっても綺麗《きれい》！」

「そうですよ。私たちを守ってくださっている、尊いお方なんです。今日は祈ってくれるので、みんなで一緒に祈りましょうね」

「「はーい！」」

子供たちの元気いっぱいな声に、ほっこりしてしまいます。手を合わせて一生懸命祈ってくれているのが見えます。

……わたしがこの国民たちを、しっかり守っていかなければいけないんですね。

普段から祈り、国のことを考えてはいましたが、こういった光景を実際に見ると、身が引き締められます。

祈りの祭りは恥ずかしくて、どちらかといえば戸惑ってしまいましたが……これからは毎年続けていきたいと思えました。


それから〈フローディア大聖堂〉の前を通り、〈冒険者ギルド〉の前へ行くと「ティー！」という声が聞こえてきました。見ると、人混みに紛れてシャロンたちが手を振ってくれています。

シャロン、タルト、ケント、ココア、ルルイエが一緒にいます。ルルイエは、シャロンとタルトの間にいて、二人と手を繋《つな》いでいます。

……すっかり普通の女の子ですね。

ケントとココアはぴょんぴょん跳びはねてて、わたしを見てやるんだという気迫がものすごく伝わってきます……！

私が手を振り返していると、横にいたリロイが「みんな見に来てくださいましたね」と微笑《ほほえ》みました。

「はい。恥ずかしいですけど、嬉《うれ》しいです。ですが欲を言えば……シャロンたちにも、一緒に祭りに出てほしかったですね」

今までみんなで一緒に戦ってきて、クリスタル大聖堂を取り戻したのです。彼女たちが英雄であることを、国民に知らしめてもよいと思うのです。

しかしリロイは、そんなわたしの言葉に笑います。

「無理でしょう」

「ですが、シャロンは〈聖女〉ですよ。わたしよりも、祈るのに相応《ふさわ》しいと思いますが……」

「確かにシャロンは〈聖女〉ですが、それとこれとは話が別です。慈悲はあるかもしれませんが、戦う〈聖女〉ですからね。それに、目立つことも嫌うでしょう」

「それは……そうですね……。誘っても、絶対に渋い顔をすると思います」

シャロンは聖職者で、回復専門の支援職だというのに――なぜか誰よりも強いのです。不思議とそう思わせるのです。

現に、わたしは攻撃スキルがあって、シャロンには攻撃スキルがないのに……勝負をしても、勝てる気がまったくしないのです。不思議です。

「シャロンの強さは、なんなのでしょう。知識やスキルの腕前でしょうか？」

わたしがそんなことを呟《つぶや》くと、リロイは「欲では？」なんてさらりと言います。

「確かにそれは否定できないかもしれません」

レベルを上げ、未知の景色やダンジョンにワクワクするシャロンは、とても楽しそうだからです。

そう考えると、やはりシャロンを英雄としてこの国に縛りつけることはできませんね。

一つの国に縛りつけられるほど、シャロンは小さくありません。

「シャロンが安心して世界中を駆け巡れるように、わたしはしっかりとこの国を守りたいと思います。リロイ、ついてきてくれますか？」

「もちろんです。私はティティア様の手足です。いつなんどきも側《そば》におりますし、何かあればいつでもお命じください」

「ありがとうございます」

わたしは〈教皇〉としてできる精いっぱいのことをしようと、改めて誓いました。


ツィレの街を歩いてわたしの姿をお披露目したあとは、クリスタル大聖堂改め、〈ティティア大聖堂〉に戻ってきました。

正直この名前は恥ずかしくてどうしようもないのですが、わたしの目の前にウィンドウが出てきて名前の変更を告げたので、どうすることもできないのです。

わたしが名前に異を唱えようとしたら、いつもはわたしの味方のリロイが断固として反対してきてあきらめざるを得ませんでした。リロイだけではなく、ブリッツやミモザ、ほかの〈聖騎士〉たちも〈ティティア大聖堂〉がいいと言うのです。

……わたしにも反対意見を言える人物が必要では？　と、少し思ってしまいました。

「ティティア様。これから祈りですが、お疲れなどはございませんか？」

「街を歩いただけですから、大丈夫ですよ」

今までシャロンたちとしていたことを考えたら、街を歩くくらいなんともないです。走ったり、高低差がある岩場のような道を進んだり、モンスターの攻撃を警戒することも必要ないのですから。とっても楽なものです。

わたしが考えていることがわかったのか、リロイは「怒涛《どとう》の日々でしたからね」と笑う。

「では、こちらへどうぞ」

「はい」

私が祈りを捧《ささ》げる場所は、〈ティティア大聖堂〉の入り口の前です。祈っている姿を国民に披露できるようにと、この場所を選びました。

白い敷き布があり、その両サイドには〈聖水〉の入った瓶が置かれています。そして少し先には、聖樹があります。

……本来であれば、ここに女神フローディアの像が置かれるのでしょうね。

しかしフローディアの正体を知ってしまった今、とてもではないですが設置する気にはなりません。大聖堂には今まで通り像を設置していますが、今後のことはこれから話し合う予定です。

……フローディアの像を、シャロンの像に変更できたらいいのですが。

なんてことを言ったら、きっとシャロンに怒られてしまいますね。

わたしはクスリと笑って、白い布の中央へ歩いていきます。そしてそこに跪《ひざまず》いて、祈りを捧げるために手を組みます。

目を閉じると、周囲の喧騒《けんそう》がいっさい気にならなくなりました。祈るために、わたしの気持ちが静かになっていくのがわかります。

「わたし、〈教皇〉ティティアは、この国のために祈ります。自分たちの手で幸せを見つけ、平和だと言える国になりますように。決して、他者の手に平和をゆだねず、自分たちの足で歩いていけるように……その力を、得ることができますように……」

わたしが祈ると、キラキラとしたものが体から昇っていき、やがて光の柱となって天《そら》へ伸びていきました。それは天ではじけて、キラキラした光がエレンツィに降り注ぎます。

ああ、わたしだけの祈りでも、これほどの力になるのですね。

わたしは空を見上げて、とても満たされた気持ちになりました。

「本日はお疲れ様でした」

夜、部屋でゆっくり休んでいると、リロイが紅茶を用意してきてくれました。砂糖を少しと、ミルクはたっぷり。疲れた体を癒《いや》すのにピッタリです。

「軽食も用意できますが、どうしますか？」

「紅茶だけで大丈夫です。ありがとうございます、リロイ」

「いえいえ」

紅茶を飲むと、体が温まっていくのがわかります。祈りが終わってから今の間までも、少し緊張状態でしたが……それがほぐれたのでしょう。

「リロイの紅茶は美味《おい》しいですね」

「光栄です」

リロイが嬉しそうに微笑んで、「そういえば」とわたしを見る。

「本日の祈りは、誰に祈られたのですか？」

「……聖樹に。この国を見守ってくれている、聖樹に祈りました。わたしたちが道に迷わぬよう、見守っていただけますように――と」

今まで祈っていた女神フローディアは、もう信仰すべき対象ではありません。光の女神……ということに変わりはないのでしょうけれど、わたしたちの祈りを託すことはもうないでしょう。

「よろしいと思います」

「…………」

静かに肯定したリロイの声で、わたしの体がふっと軽くなった。

……もしかしたら、聖樹に祈ったことを誰かに認めてほしかったのかもしれません。

「ありがとう、リロイ。わたしはこれからも、聖樹にこの国のことを祈りたいと思います」

「ええ。でしたら、聖樹の像を立ててもいいかもしれませんね」

「それは名案です！」

女神フローディアの像と一緒に設置しておけば、人々の聖樹に対する関心が高まるはずです。それから少しずつ、聖樹の話をして、知ってもらえばいいのです。

「やることがたくさんありますね」

「どこまでもお供させていただきます」

「はい。お願いします」

来年の祭りは、きちんと聖樹に祈ると伝えよう。そう思うとなんだか気持ちも軽くなって、自然と笑顔になりました。


どうかこの国が、世界が——ずっと平和でありますように。

番外編 小さな〈教皇〉様の噂 シャーロット・ココリアラ

祈りの祭りが終わったあと、私は一人街に出てみた。タルトはルルイエと一緒に、お祭りで買ったお菓子などを宿で堪能している。

……お土産は美味《おい》しいお菓子の追加がいいかな？

そんなことを思いながら街を歩いていると、「やったぁ！」という声が聞こえてきた。声の主は、一〇代前半くらいの女の子だ。

「お母さん、私〈癒《いや》し手〉になれたよ！」

「まあ、よかった！　ティティア様のお姿を見て、あなたも頑張りたいと言っていたものね」

「うん！」

どうやらティティアの姿が、みんなに頑張る希望を与えているみたいだ。あの子には、ぜひとも大きく成長してほしいね。

ロドニーが支配していたのはわずかな期間ではあったけれど、〈癒し手〉が転職するための女神フローディア像が公開されていないというとてつもない危機的状況に陥っていた。

ティティアが教皇に戻ってすぐ、ロドニーが行っていた悪事はすべて取りやめになった。女神像を公開し、大聖堂に入るための入場料や、法外な寄付を強制的に払わせようとしていたこと……などだ。

……私は聞いてないけど、もっと悪いことをしていてもおかしくはないね。

きっとリロイが奔走したのだろうなと思う。リロイはティティアのためならなんでもしてしまうやばい男だ。

ティティアの話はそれだけでは留《とど》まらず、「俺は〈聖堂騎士〉になる！」や、「俺は〈聖騎士〉だ！」なんて張り合っている子供たちもいる。

「次の誕生日、父ちゃんに剣を買ってもらう約束したんだ！」

「なっ！　なら俺は、〈プルル〉を一人で倒してきてやる！」

「だったら俺は〈花ウサギ〉を倒す!!」

張り合ってるの可愛《かわい》いなぁ〜〜！

〈聖堂騎士〉になるには体を鍛えなければいけないし、〈聖騎士〉になるには体を鍛えるだけじゃなく、ティティアに認められなければいけない。

……誰かに忠誠を誓いたくて騎士になる——なんて甘美な響きなのか。

いやあ、将来有望な人材が多くていいね！

そして人々の話題はティティア自身のことに移る。

「でも、教皇様ってあんなにお小さかったのね」

「そういえば、お姿は知らなかったものね。うちの子より幼いのに、うちの子の百倍はしっかりなさっていて……爪の垢《あか》でも飲ませていただきたいくらいだわ」

はあとため息をつく母親らしき人を見て、私は苦笑する。

ティティアと比べられてしまったら、子供はたまったもんじゃないね。あんなにしっかりしている子なんて、そうそういない。

いや！　うちのタルトもしっかりしてるけどね！

うちの弟子、最高に可愛いから！

と、私は心の中で弟子自慢をすることも忘れない。うちの弟子が世界一可愛い。

私がタルトの可愛さで一人悦《えつ》に浸っていると、祈りの話に移っていた。

「それにしても、あの光はなんだったのかしら？　ティティア様の祈りっていうことはわかったけど……」

「癒しの光よ！　だって、腕の引っ掻《か》き傷が治っちゃったもの！」

「ええっ、すごい！　私は怪我《けが》なんて特になかったから、わからなかったのかしら？　でも言われてみれば、ちょっと体が軽くなってたかしら……？」

「このお祭りは来年も続けるそうだから、そのときに意識してみたらどう？」

「そうね、そうしてみるわ！」

ティティアの癒しの祈りの話で大盛り上がりだ。

というか、私も癒しの効果があるのはまったく知らなかったんだけど!?　とはいっても、私の体は常に回復しているから健康そのものなんだよね。癒しの光が降り注いでも、特に癒すところはなかっただろう。

「でも、街の人にとっては奇跡だよね」

なんせ、街全体――いや、もしかしたら国全体に届いているかもしれない。そんな癒しの光なんて、そうそう経験できるものではない。

「それを年一でやっちゃうティーって、控えめに言ってやばいね……！」

年に一回はツィレに必ず戻ってきて、ティティアの〈教皇〉っぷりと、お祭りを楽しむのもいいかもしれない。

「来年のお祭りも楽しみだ」

私はお土産のお菓子を買って、タルトとルルイエの待つ宿へ戻った。

回復職の悪役令嬢

エピソード4 ユニーク職業〈聖女〉クエスト・下

MFブックス

回復職《かいふくしょく》の悪役令嬢《あくやくれいじょう》 エピソード 4
ユニーク職業《ジョブ》〈聖女《せいじょ》〉クエスト・下

2023年11月25日　初版第一刷発行

著者　ぶにちゃん
発行者　山下直久
発行　株式会社KADOKAWA
〒102-8177　東京都千代田区富士見2-13-3
0570-002-301（ナビダイヤル）
印刷・製本　株式会社広済堂ネクスト
ISBN 978-4-04-683071-5 C0093

企画　株式会社フロンティアワークス
担当編集　福島瑠衣子（株式会社フロンティアワークス）
ブックデザイン　鈴木 勉（BELL'S GRAPHICS）
デザインフォーマット　AFTERGLOW
イラスト　緋原ヨウ

本シリーズは「小説家になろう」（https://syosetu.com/）初出の作品を加筆の上書籍化したものです。

この作品はフィクションです。実在の人物・団体・事件・地名・名称等とは一切関係ありません。

MFブックス
MFブックス新シリーズ発売中!!
ただの村人の僕が、
三百年前の暴君皇子に
転生してしまいました
～前世の知識で暗殺フラグを回避して、穏やかに生き残ります!～
sammbon
サンボン
illustration 夕子
STORY
第四皇子ルドルフは、ある日自分の前世が
三百年後の村人で、転生していたと気づく。
前世で愛読した戦記によると彼は、婚約者である
「氷の令嬢」に殺される運命で!?
知識チートで死亡フラグを回避する
生き残りファンタジー開幕!
元ただの村人、
死亡フラグに溢れた
前世の知識で
帝政を生き残ります!

MFブックス新シリーズ発売中!!
無能と言われた錬金術師
～家を追い出されましたが、凄腕だとバレて侯爵様に拾われました～
shiryu
illust. Matsuki
仕事もプライベートも幸せ!!
凄腕錬金術師のリスタート物語♪
STORY
凄腕錬金術師で男爵令嬢のアマンダは、
職場と家族から無能扱いされていた。
ある日彼女は退職を決意するが、父親に
反対され罰として野宿を命じられる。
そんなアマンダを大商会の
会長兼侯爵家当主様がスカウトに来て!?